MA MUSETO

(MA MUSETTE),

POÉSIES LANGUEDOCIENNES,

Texte et traduction;

Par M. Marcel CEREN, Avocat;

ET QUELQUES POÉSIES FRANÇAISES,

PAR LE MÊME AUTEUR.

Je conte fait passer le précepte avec lui.
LAFONTAINE.

PRIX : 3 Fr. 50 Cent.

TOULOUSE,

IMPRIMERIE D'AUG. DE LABOUISSE-ROCHEFORT,

HÔTEL CASTELLANE.

1847.

MA MUSETO

(MA MUSETTE),

POÉSIES LANGUEDOCIENNES.

MA MUSETO

(MA MUSETTE),

POÉSIES LANGUEDOCIENNES,

Texte et traduction;

Par M. Marcel CEREN, Avocat;

ET QUELQUES POÉSIES FRANÇAISES,

PAR LE MÊME AUTEUR.

Le conte fait passer le précepte avec lui.
LAFONTAINE.

TOULOUSE,

IMPRIMERIE D'AUG. DE LABOUISSE-ROCHEFORT,

HÔTEL CASTELLANE.

1847.

MON PASSE-PORT.

―――⚬❀⚬―――

I.

Me lira-t-on, ne me lira-t-on pas?

Telle est la question que doit se faire naturellement un auteur et surtout un poète, avant de se livrer à la publicité. Me la suis-je faite moi-même, et comment y ai-je répondu? Ma réponse, vous la tenez entre vos mains, mon livre vous la donne. Est-ce que par hasard, quoique m'en aient dit des témoignages flatteurs, je n'aurais point trop présumé de mon œuvre, en pensant que je serai lu? Peut-être aussi un peu de fumet m'ayant tourné la tête, ne me suis-je pas abusé, au point de croire que j'obtiendrai de la vogue? Si cela est, cette confiance m'est commune avec bien d'autres. A vrai dire, j'ai bon espoir.

Mais voilà que tout-à-coup vous m'arrêtez, en me criant: qui vive! à l'instar de la sentinelle, pour me demander sur quoi se fonde tant de présomption de ma part, et quels sont mes titres à la faveur, à la bienveillance du public? — Qu'à cela ne tienne, puisque vous l'exigez, je vous satisferai.

Mais avant, qu'il me soit permis de me laver du reproche que certains m'ont fait d'avoir traduit mes inspirations en vers patois, plutôt qu'en vers français. Je pourrais me contenter de répondre que j'ai voulu suivre la mode, je pourrais dire qu'en province, et surtout dans le midi, quiconque aurait le malheur de s'étiqueter poète français serait honni, hué, exciterait la risée publique, et que l'on crierait : *haro sur ce pelé, sur ce galeux.* Je le sais, il y a eu des exceptions, mais elles sont si peu nombreuses, qu'en vérité je n'ai pas voulu en risquer la chance.

Voilà donc que moi-même, esclave d'une telle peur, j'ai cru devoir prendre le titre modeste de poète patois, afin, du moins, de faire passer impunément, à sa faveur, quelques poésies françaises. — Tout cela vous plaît à dire, me répondez-vous vous-même, et malgré vos raisons spécieuses, le reproche que l'on vous fait n'en subsiste pas moins dans son entier. Car enfin, entre nous, l'on a dû trouver étrange, et je partage ce sentiment, qu'un homme tel que vous, qui êtes censé avoir étudié plus particulièrement notre langue nationale, ayez osé la sacrifier à l'idiome Languedocien, en d'autres termes à votre patois. Vos compositions, dites-moi,

ne souffriront-elles pas d'un tel change? La muse s'accom-
modera-t-elle d'un tel interprète? En un mot, cette langue, si
ça en est une, aussi pauvre, aussi grossière, aussi rude que
ceux qui la parlent, pourra-t-elle se prêter aux exigences de
la poésie? Pourquoi donc, sérieusement, avez-vous choisi ce
jargon, et n'auriez-vous pas mieux fait, en conscience, de vous
exprimer plus noblement en français? —

Ce reproche que j'ai eu à endurer assez souvent, j'en con-
viens, et qui dans votre bouche ne perd rien de sa rigueur,
tout mal fondé qu'il est, a quelque chose qui me touche. J'y
répondrai, mais cette fois d'une manière péremptoire. Je
tiens trop à ce qu'il ne reste pas dans votre esprit la moindre
prévention sur une préférence qu'il me sera facile de justifier. Puis, je ne vous le cache point, je ne voudrais pas pour
rien au monde que l'on put m'imputer à crime de lèze-
nation une chose qu'on approuvera, j'en suis sûr, une fois
que j'aurai exposé mes raisons à cet égard. Pour cela, je n'aurai qu'à vous montrer d'abord l'à-propos du patois pour le
genre de poésies auquel je me suis livré, et sa supériorité
marquée en ce même genre sur le français, tel que nous le
parlons aujourd'hui, s'entend; puis enfin, après avoir dit quelques mots des grâces, de l'harmonie, des richesses du premier,
j'invoquerai mes titres à votre suffrage, à votre recommandation, deux choses que j'ambitionne par-dessus tout. C'est

donc un discours en forme que je vous promets, puisque, dès le début, déjà, rien n'y manque, pas même sa division classique, pas même les aveux forcés qui m'ont fait rendre criminel à vos propres yeux. — Allons, ne voilà-t-il pas qu'il nous menace d'un long plaidoyer, pour soutenir une prétention toute nouvelle, dans laquelle il paraît se complaire, vouloir vivre et mourir. Avocat, avocat, vous laissez entrevoir le pan de votre robe noire. — Que voulez-vous ,

> Chassez le naturel, il revient au galop ?

Puisque nous voilà bien équipés, cheminons et prouvons comme quoi la langue d'oc, que dépriment certaines arrogances, n'est pas si dépourvue d'agréments qu'elle ne puisse se prêter merveilleusement aux créations poétiques. L'affirmative est hors de conteste; si vous ne tirez pas le patois du rang où Dieu l'a fait naître, si par exemple vous lui donnez une fin à remplir qui soit conforme à ses ressources, à ses moyens, c'est-à-dire si vous ne le détournez point de son cours naturel; oh! alors, très-certainement alors, vous le jugerez digne d'une mission poétique. Car il a, lui aussi, comme toute langue, la pensée et sa forme.

Voyons, d'ailleurs, quel est-il ce patois, dans son état natif? D'abord, c'est un enfant et un enfant bien légitime, éclos au soleil du midi, né, si vous voulez, sous un toit de chaume, ou mieux encore, sous le dôme étoilé du ciel ,

ayant maillot de bure. Mais voilà que sous ce modeste vête-
ment, il se redresse soudain avec une noblesse au front, pour
le moins aussi vraie, aussi ancienne que celle de ce page, de
ce courtisan que vous dorlotez, qui a été bercé sous des lam-
bris dorés, et qu'on a vu plus tard se prélassant dans de ri-
ches équipages. Hé ! je ne sais, si pour l'honneur de la vérité, avant de passer outre, je ne devrais point vous faire
connaître la généalogie de mon enfant gâté, interroger les
archives de sa famille et le rappeler à son antique origine,
qu'on semble oublier trop facilement ; peut-être bien trou-
veriez-vous qu'il compte plusieurs siècles de noblesse, que
cette noblesse est certes à lui, en bon parchemin, mieux
constatée que ne l'est celle de beaucoup de gens de notre
époque surtout. Non, cet enfant, quoique d'une physionomie
agreste, n'a point à rougir de son origine. Savez-vous qu'il
a bégayé sur les genoux des Raymond de Saint-Gilles ? les
Troubadours n'ont-ils pas charmé de sa voix fraîche et lim-
pide les dames du castel ? Rappèlerai-je les sirventes, les lais
d'amour, les tournois, les bannerets, tout ce prestige enfin
dont il jouissait au moyen-âge ? Ce serait lui restituer sa
véritable origine, ou du moins faire revivre les jours de
son ancienne gloire, qu'on ne saurait lui contester.

Mais qu'est-il besoin de remonter si haut ? A le considérer
tel qu'il est, n'a-t-il pas des droits à notre admiration ? Au-

rait-il tellement dégénéré qu'on ne puisse le reconnaître au trait qui l'a de tout temps distingué, je veux dire sa naïveté? Ou bien, au contraire, ne l'a-t-il pas toujours conservée, cette naïveté? Oui, très-assurément, oui. C'est surtout ce qu'il importe de ne pas perdre de vue dans l'intérêt de la discussion à laquelle je me livre.

Eh! bien, si, à travers les splendides souvenirs que cet enfant retrace à notre mémoire, cet air de naïveté est demeuré empreint sur sa douce et tendre physionomie, s'il fait son principal mérite, voyons ensemble quelle peut être sa vocation. A coup sûr, si vous lui donnez à traduire des sujets qui soient en harmonie avec un tel caractère, c'est-à-dire petits et simples comme lui, à coup sûr, il ne trahira pas son mandat. Ainsi, n'allez pas emboucher la trompette avec son souffle, ce n'est point, à proprement parler, qu'il manque d'haleine, encore moins de force et de vie, mais c'est que ses lèvres n'ont jamais enflé que le chalumeau, que ses doigts ne se sont jamais essayé que sur des pipeaux ou des hautbois champêtres. Toutes les fois donc que j'ai voulu chanter les prés, les bergeries, j'ai dû naturellement emprunter ses accents agrestes. En effet, que me suis-je proposé dans mes fables, dans mes pastorales, si ce n'est de peindre la nature, le monde infini qui s'y découvre, de retracer les mœurs, la simplicité de tous ses habitants, hommes ou animaux? Quels tableaux riants n'a-t-elle pas fournis à mon imagination? Or, dans tous ces divers tableaux, je n'ai dû y voir à la fois rien que de simple, de naïf et de frais comme les objets et les figures qu'ils représentent. Par conséquent, le patois, qui est né dans les champs, qui s'est formé des mille et une voix que les ruisseaux, les bois et leurs chantres se renvoient incessantes de l'un à l'autre, a dû être nécessairement propre a répéter leurs gazouillements, leurs frémissements, leurs chansons, en un mot, ces mêmes mille et une voix. S'il est vrai de dire qu'il n'est rien de comparable à l'écho d'une âme que nous aimons tendrement, lorsqu'il s'en échappe des soupirs ineffables, qui, mieux que le patois, pourrait nous initier aux mystères intimes de la nature, lui, qui en est sa plus fidèle image? Eh! quand je parle nature, je n'entends pas celle que nous voyons, nous gens de ville, à travers nos brouillards, mais bien cette autre, telle qu'elle apparaît à ses amants, avec ses charmes et ses grâces infinies. Et vous voudriez que le patois, semblable à ces fontaines naturelles qui reproduisent, dans leurs eaux argentées, les arbres, les fleurs qui naissent sur leurs bords, fut inhabile à retracer de tels tableaux? Non, c'est incroyable et pour vous et pour moi.

Faut-il s'étonner dès-lors que cette langue fuie l'aspect des villes et qu'elle demeure réléguée au fond de sa cabane?

ah ! si elle n'ose s'acclimater dans nos cités, si elle s'en éloigne, comme une vierge timide et jalouse de ses chastes attraits, c'est que notre souffle la ferait mourir, car notre souffle a quelque chose qui tue, tandis que le sien est comme l'émanation de la rose et de la violette, symboles à la fois de l'innocence, de la candeur et des plaisirs purs. Si donc le patois a conservé sa naïveté, c'est parce qu'il a toujours aimé et qu'il aime encore les douceurs paisibles des champs.

Peut-on en dire autant de la langue française? N'a-t-elle pas, au contraire, déchu de son antique beauté? A-t-elle su garder surtout la naïveté du bon Lafontaine? Car, c'est le trait qu'il nous importerait le plus d'y découvrir, parce que c'est celui-là même qui nous touche dans ce moment. Or, sans disputer à cette langue le tribut d'éloges que lui méritent encore les écrivains qui ont respecté ses traditions, je lui refuserai constamment le droit d'entrer en concurrence avec le patois, quand il s'agira simplement d'idylle, de pastorale ou d'églogue.

Comment pourrait-elle se plier au genre naïf, elle pour qui tout ce qui est chaste et pur n'a plus d'attraits? Elle a trouvé plus à propos d'aller fouiller dans l'antre du vice, pour s'en imprégner d'abord, et le distiller ensuite goutte à goutte dans chaque pore de la société qui, grace à de tels soins, s'énerve tout-à-fait. Et la littérature, naturellement l'expression des mœurs et des rapports des hommes entr'eux, est devenue lâche et corrompue comme eux. Que l'on nous dise maintenant qu'ils ont perfectionné notre langue nationale, ces écrivains éhontés, sans pudeur! Si l'on n'arrête un tel scandale de dépravation, c'en est fait, adieu les lettres, leur décadence est certaine. J'ai donc eu raison d'abdiquer un instant une langue qui a totalement perdu sa naïveté, et de lui préférer celle qui, restée simple, naïve, m'a paru s'adapter mieux par sa nature à la poésie rustique. Entre la première, que je ne puis comparer qu'à une fleur en serre-chaude qui s'alanguit et meurt, suivant les variations, les caprices de son thermomètre ; et la seconde, cette fleur du rocher qui, fière sur sa tige, brave les rigueurs de la bise et celles de la canicule, je n'ai pas hésité, j'ai cueilli la fleur du rocher.

Si les considérations que je viens de faire valoir, à l'appui d'une prédilection que tout justifie d'ailleurs, ne suffisent pas pour vous convaincre, je pourrais étaler ici les graces, la suavité et au besoin les richesses d'un idiome que vous prétendez être si dur, si couvert de haillons. Sans tenir compte de ce que je vous en ai déjà dit, sans décomposer, syllabe par syllabe, cette langue des champs, sans établir qu'elle possède la répétition fréquente des voyelles dont le son est le plus agréable à l'oreille, je pourrais vous parler de ses diminutifs qui, employés à propos, produisent un effet des plus heureux. Mais les graces, les charmes de l'idiome languedocien sont ceux de la nature, car il en est, vous le savez, l'expression vivante. Aussi, son harmonie imitative n'a point d'égale. Et puis, quelle musique! oh non! sa voix n'est pas de ces voix factices, de ces voix de tête que l'on cultive dans nos conservatoires et qui, comme ces fleurs en serre-chaude dont je parlais tout-à-l'heure, s'étiolent au moindre vent; sa voix à elle, c'est une voix de l'âme, à l'épreuve des éléments, et partant, plus saine et plus belle. Ensuite n'a-t-elle pas, elle aussi, ses notes et ses gammes? Ne s'est-elle pas formée aux cadences molles et vibrantes qui s'échappent du gosier flexible du rossignol?

Vous dites la langue d'oc pauvre : appellerez-vous pauvre une langue qui, bien différente du français sous ce rapport, a son mot propre pour exprimer chaque objet divers? Apprenez que son vocabulaire est pour le moins aussi étendu que nos dictionnaires d'Académie! Au reste, vous étaler ses richesses, serait faire briller à vos yeux l'éclat, les rubis du plumage que déploie le paon au soleil par un beau jour d'été.

Mais aussi bien il est temps que je m'aperçoive que

toutes les expressions du monde sont impuissantes à vous retracer tout ce que renferme de beau, de gracieux cette langue, l'objet de tant de diatribes. Ce sont des exemples qu'il vous faut, qui, autrement que la parole, rendront ses charmes sensibles. Est-il rien en effet de plus difficile à exprimer que les choses de sentiment et de goût? Que me servirait de vous analyser savamment, à la manière d'un Linné, une fleur avec son pistil, ses étamines, sa corolle, ses pétales, etc... En auriez-vous jamais la même intelligence que si vous la voyiez, vous la touchiez, vous la sentiez? Je pourrais en dire autant d'une belle musique; si vous ne l'aviez entendue, peu vous importerait qu'on l'eût trouvée enivrante. Il en est absolument de même des restes de la langue romane.

Ecoutez, puis vous verrez si l'idiome languedocien est aussi rude, aussi grossier, aussi pauvre que vous le croyiez tout d'abord. C'est un ou deux passages de Goudelin, d'éternelle mémoire, que je vais vous mettre sous les yeux. Le premier est tiré de son ode à Henri-le-Grand. Bornons-nous à la citation des deux premières strophes de ce chef-d'œuvre:

> Jantis pastourelets que dejouts las oumbretos
> Sentets apazima le calimas del jour,
> Tant que les aouzelets per saluda l'amour
> Ufflon le gargaillol de milo cansounettos:

Petits rious dount l'argen beziadomen gourrino ,
Pradets oun le plaze nous embesco les els
Quand la joueno sazou bous cargo de ramels ,
Aougets coussi se plaing uno nympho moundino.

Après avoir lu de tels vers , peut-on s'empêcher de reconnaître qu'ils possèdent une beauté de jeunesse , telle
qu'on en trouverait difficilement dans notre poésie française? Que leur comparer d'aussi frais, d'aussi ondulant, si
ce n'est l'eau elle-même de ces ruisseaux que l'on voit
courir à travers les prés que nous décrit le poète. La
cadence de ces strophes en est ravissante, l'italien seul
pourrait jalouser leur musique.

Une autre fois, c'est une faveur que le même Goudelin
demande, si je ne me trompe, à sa belle Liris, la muse
de ses chants :

Beni m'estrena d'un poutet ,
Ça disi jou , belo Aymieto
Que petara sur ta bouqueto
Coumo quand cridi lou gatet.

Quelle délicatesse encore ! quelle harmonie saisissante !
Tel est l'heureux effet des diminutifs que je prônais un peu
plus haut. Non , rien n'égale, à mon avis, cette dernière
finesse d'idées et de langage.

Après ces deux exemples , résisterez-vous plus long-temps à la tendre et gracieuse invitation du poète? Vous-même, touché par une aussi douce mélodie, n'accorderez-vous pas au patois le baiser de paix qu'un amant implore, sollicite d'une maîtresse aimée, et qu'il dut infailliblement obtenir de sa bouche fidèle? Ah! je vous vois, tout converti, ne plus refuser à la langue d'oc le tribut d'admiration dont vous ne l'aviez pas crue digne jusqu'alors. Oserait-on, désormais, ne pas adorer la nymphe qui a inspiré un tel chantre?

II.

La tâche que je me suis proposée en commençant resterait incomplète, si, une fois vos répugnances pour l'idiome languedocien vaincues, vos préventions contre cette même langue dissipées, je ne vous fesais connaître mes titres à votre recommandation. Je m'adresse particulièrement à vous, parce que vous résumez pour moi le public, et que votre intelligente sanction doit me répondre de celle de ce dernier. Encore quelques lignes tracées de ma main, et je ne puis plus croire que vous trouviez prétexte à ne pas me lire. Ainsi, c'est le moment ou jamais, de vous dire sur quoi se fonde une telle présomption de ma part. Et d'abord, eussiez-vous la velléité de me lire, que je vais refroidir

2

singulièrement cette ardeur , en vous confessant, d'aures
et déjà , mon ignorance sur toutes choses en littérature.
Voilà certes , où je me trompe beaucoup, un trait modèle
de franchise , de naïveté comme il y en a peu. — Se bâter
soi-même, me direz-vous, mais c'est le comble de la..... pardon, mon respect pour vous m'interdit, me défend d'ache-
ver. — En effet, je me surprends , parfois , me donner les
airs du bonhomme. Plût à Dieu que j'en eusse et la mine et
le jeu, je n'aurais nul besoin de m'évertuer pour vous
convertir à mes fables. Mais enfin , vous le croirez ou
vous ne le croirez pas, c'est précisément dans mon ignorance, en fait de connaissances littéraires , que je fais con-
sister mon plus beau titre à votre suffrage. — Comment ,
direz-vous, mais cela ressemble à du vertige , mais pa-
reille thèse est insoutenable. — Pas tant que vous croyez.
Ma prétention, que vous considérez comme insensée, vous
sera respectable avant la fin. Voici comment ; ce n'est pas,
comme vous le pensez bien , que je n'ai étudié et appris
les mots et les règles de l'idiome que j'ai adopté , mais
c'est que mes compositions doivent être nécessairement
empreintes d'un cachet d'originalité , d'individualité, et
quant à leur invention et quant à leur forme. Je m'explique :
Qu'est-ce qui fait le vrai poète ? N'est-ce pas la spontanéité
de conception, avec la verve, ce feu, ce jet divins ? Si donc
l'esprit d'en-haut n'a soufflé sur vous, si une lueur soudaine

n'a traversé votre tête, c'est inutile, malgré toute votre science, pour si grande que vous la supposiez, vous ne sauriez aspirer au titre de poète. Et pourquoi ? parce qu'on ne le devient pas. Vous le savez comme moi : *nascuntur poetæ.*

Le législateur du Parnasse français ne s'exprime pas autrement lorsqu'il dit :

> C'est en vain qu'au Parnasse un téméraire auteur
> Pense de l'art des vers atteindre la hauteur,
> S'il ne sent point du Ciel l'influence secrète,
> Si son astre en naissant ne l'a formé poète.

Après de tels oracles, il n'est pas permis de s'abuser davantage sur le plus ou moins de perfectionnement qu'aura acquis une intelligence, si l'on n'a senti d'ailleurs en soi cette influence secrète qui fait le poète. Ainsi donc l'ignorance n'exclue pas la vocation poétique. Combien d'exemples se rangeraient ici pour attester cette vérité !

Si la science en général n'est pas le *sine quâ non* du poète, elle l'est encore bien moins à propos des poésies de la nature de celles qui ont occupé mes loisirs. Quoi de plus opposé, en effet, au caractère de la fable, de la pastorale, que le pédantisme ? Qu'est-il besoin, pour ce genre de compositions, de déployer une vaste érudition, alors surtout que les descriptions, les paysages, y occupent

la plus large place ? C'est une affaire d'imaginative et rien
autre. Qui ne sait d'ailleurs que la science n'a servi le plus
souvent qu'à tuer l'inspiration. — C'est bien, nous en
convenons, mais ce n'est pas de cela qu'il s'agit ; en quoi,
s'il vous plaît, prétendez-vous être neuf? Serait-ce en fait
d'idées, par exemple ; dans ce cas, auriez-vous oublié ce
dicton populaire, vieux comme le monde, à savoir : qu'il
n'y a rien de nouveau sous le soleil? — Non sans doute,
pas même cette infinité de globes qui tournent majestueu-
sement sur nos têtes, et dont la plupart ont échappé à
l'approche de la lunette ; on a bien pu en découvrir un
certain nombre, mais n'en reste-t-il pas à découvrir ?
n'en découvrira-t-on pas encore? On pourrait en dire autant, selon nous, du monde des idées. Croyez-vous sin-
cèrement qu'on ait parcouru le vaste domaine qu'elles
occupent ? quant à moi, franchement, je ne le crois pas.
Le croirions-nous que l'expérience de tous les jours vien-
drait nous avertir du contraire. Ainsi, vous le voyez, on
peut être quelque peu neuf, sans que pour cela il y ait
rien de paradoxal, d'insensé à une telle assertion ; d'ailleurs, lorsqu'on s'inspire aux sources infinies de Dieu, de
l'être qui embrasse tout, on n'a pas à redouter de les
tarir jamais. Au surplus, ceci soit dit en passant, je
puis affirmer, sans crainte d'être démenti, que j'ai inventé
mes sujets, ou plutôt, je me trompe, je les ai trouvés

tout enfantés dans la nature. Je n'ai eu que le mérite
de savoir les y découvrir, c'est tout.

Si nous nous occupons maintenant de la forme , du style,
de la tournure que j'ai donnés à mes pensées, je dirai éga-
lement que j'ai innové. La raison en est la même que pour
la création de mes idées , c'est que j'ai très-peu lu, et que ,
par conséquent, il n'a pu se former dans ma tête d'autre
moule que celui qu'il a plu au Créateur d'y jeter; et, ne
vous en déplaise , c'est le meilleur. Ensuite , ce qui n'a pas
peu contribué à favoriser cette invention de formes, c'est
la langue que j'ai employée , dont la syntaxe encore à
faire , en partie, s'est soumise au gré de mon imagination.
Ne vous étonnez donc plus si j'ai réuni dans mes fables
et l'invention des sujets , et l'originalité des idées , et la
nouveauté de la forme ou du style , trois choses qu'on
trouve rarement ensemble chez un même auteur. En outre,
sans chercher à raffiner mon patois, je n'ai pas été non
plus ramasser l'argot des halles ; à moi aussi, il m'a inspiré un juste dégoût. Mais en revanche, j'ai butiné dans
les divers idiomes du midi , et j'y ai choisi ce qui m'a
paru le plus propre à réaliser une jolie mosaïque.

Tels sont les éléments des fables et des pastorales qui com-
poseraient l'entier recueil de mes poésies, s'il ne fallait y

ajouter la traduction de mes vers patois, et l'essai de quelques productions françaises, aussi en vers, et vous aurez le total de mon bagage littéraire.

Je suis encore à me demander si j'ai bien ou mal fait de traduire mes poésies languedociennes en vers français? si je n'ai pas entrepris là un labeur au-dessus de mes forces? Mes vers patois seront-ils sortis sains et saufs de la lutte que j'ai eu à soutenir? ne perdront-ils rien de leur charme à une aussi malaisée traduction? Je ne me le dissimule pas, en général, pour ne pas dire toujours, une traduction est faible, pâle à côté du texte, souvent même elle le défigure complètement. Vous en exposer les motifs, serait reproduire vos propres idées sur une telle vérité. Eh bien! ce point difficultueux pour toute espèce de traduction, le devient encore davantage quand il s'agit du patois. Comment faire passer tout ce que cette langue possède d'ingénieux et de naïf, dans une langue spirituelle par malice, musquée, menteuse, essentiellement politique? Cela paraît impossible et l'est en effet. Cependant, je ne me suis pas laissé rebuter par la difficulté; réflexion faite, je l'ai attaquée. Suis-je sorti vainqueur de la lutte? Je n'oserais en répondre. Je vous laisse le soin d'en juger par vous-même. Toutefois, il n'y a eu qu'une chose qui ait pu me soutenir dans une aussi rude, aussi périlleuse entreprise, ça a été le désir sincère de me faire comprendre

par des personnes tout-à-fait étrangères à la langue d'oc, ou
du moins peu familiarisées avec elle. Toujours est-il qu'en me
tenant compte des nombreuses entraves que j'ai dû nécessairement rencontrer à chaque pas dans ce pénible métier,
vous voudrez bien ne pas oublier aussi que je suis peut-être
le premier, le seul, qui ai donné pareil exemple. Votre in-
dulgence m'est donc acquise sur ce point. Au demeurant, si
mes efforts ne satisfont point pleinement mes compatrio-
tes, je me persuade qu'ils trouveront quelque sympathie
chez ceux qui, sans le secours de ma traduction, n'auraient
pu m'apprécier.

Vous parlerai-je de mes vers français? Je vous en aurai
tout dit, lorsque vous saurez que le cœur y a eu le plus de
part. Et pourtant, si je ne me fais illusion, vous leur accorderez
quelque mérite, celui d'abord que j'ai signalé pour mes vers
languedociens, c'est-à-dire l'originalité. Puis, ce qui achève
de les recommander, c'est que, comme l'a dit Chénier :

L'art peut faire des vers, le cœur seul est poète.

Ne dirait-on pas jusqu'ici que je cause avec vous aussi fa-
milièrement que si nous étions compère et compagnon, que
si j'étais assuré d'avance d'être lu par vous? Car, j'en reviens
toujours à mon point de départ, qui est de m'être flatté de
piquer votre curiosité ou celle du public, ce qui revient au

même, d'après nos conventions, et de vous décider à me lire. Ai-je atteint mon but? serait-il vrai que j'aurais su vous inspirer quelque intérêt pour mon livre?

La mesure du savoir de l'auteur vous l'avez jaugée; elle se réduit à bien peu, puisque j'ai avoué tout-à-l'heure que je ne savais rien. Où sont donc mes titres à votre recommanda-tion? — Je m'escrime, dites-vous, à les chercher partout et je ne les découvre nulle part. Ah! pardon, j'oubliais que vous vous en faites un, et le plus beau, de votre ignorance, précisément de celui-là même auquel on se serait le moins attendu. Il est vrai, comme vous nous l'avez suffisamment prouvé, que vos compositions sont pour la plupart une af-faire d'imaginative et rien autre. Il me semble toutefois que vous vous prévalez un peu trop de votre titre de poète lan-guedocien. Ne trouvera-t-on pas que vous avez voulu faire passer à sa faveur de trop dures vérités? —Comment aurais-je pu faire autrement, inspiré que j'étais par un idiome qui n'a point de périphrase et qui ne sait dire les choses que crû-ment? Qu'attendre en effet d'un paysan? — Mais enfin vous en convenez vous-même, tout le monde n'est pas obligé de comprendre les balbutiements de cet enfant des champs, pour si agréables qu'ils soient d'ailleurs. — Ceux qui ne les comprendront point, n'ont-ils pas une traduction pour les leur rendre intelligibles? —Mais à quoi bon une traduction, qui, de votre propre aveu, si elle n'est pas infidèle, peut laisser du moins beaucoup à désirer? Elle ne peut être qu'un truchement fort suspect. — Prenez garde, c'est moi-même qui l'ai faite, et par conséquent elle ne peut être que très-fidèle, car qui plus que l'auteur de l'original a intérêt à la rendre profitable. Je vois bien, je l'avoue aussi, que j'ai à faire à un contradicteur obstiné qui n'en finirait pas avec ses mais.... N'importe, je ne me rends pas pour cela. — Ces avocats ont toujours une ruse au fond du sac; ils sont comme le dieu Protée, au moment qu'on croit les mieux tenir, c'est alors qu'ils vous échappent. Je vois bien à mon tour qu'il faudra que je mette bas les armes. — Oui, vous l'avez deviné, il me reste une dernière ressource à vous opposer, et celle-ci est bien la dernière, et sans réplique : n'ai-je pas mes vers français? Ainsi, quoique vous fassiez, quoique vous disiez, soit que vous soyez gascon dans la plus large acception du mot, soit que vous soyez un élégant du nord, un dandy, vous ne pouvez vous soustraire à l'espoir que j'ai conçu dès le principe, de me faire lire par vous? Du reste, je n'ai rien négligé pour tâcher de vous plaire; si vous voulez vous en convaincre, faut-il bien que vous preniez la peine de me lire. Seriez-vous l'ennemi déclaré de tout ce qui porte le nom de poésie, que je me flatterais encore, grâce à mon introduction, à mon avant-propos, à ma préface, ce qui est le pire de tout, d'être un objet de curiosité pour vous et partant pour le public. Lisez, lisez donc, qu'aucune considération ne vous arrête, j'ai la certitude que vous aurez lieu d'être satisfait. Au surplus, nous le serons les uns et les autres, puisqu'il n'aura tenu qu'à vous de ménager un port sûr à mon embarcation, je veux dire à *Ma Museto*, qui, comme un vaisseau battu par l'orage, après avoir triomphé de tous les écueils, sera arrivée à pleines voiles au terme désiré. Son pilote, c'est moi qui vous le dis, se réjouira dans son cœur d'avoir posé le pied sur une terre hospitalière. Enfin, et c'est mon vœu le plus ardent, si vous êtes tel qu'on nous dépeint les vrais amants de la nature, si vous aimez les fleurs, les ruisseaux, les prés, les bois, puisse *Ma Museto* vous être un éternel printemps, puissiez-vous vivre de longs jours à l'ombre de son vert feuillage !

EXTRAIT

DE LA GAZETTE DU LANGUEDOC

DU 24 JUILLET 1846.

Toujours empressés à favoriser de nos encouragements l'essor du talent, nous nous y prêtons encore plus volontiers quand c'est au milieu de nous qu'il apparaît. Au moment donc que M. Marcel Ceren, jeune avocat de cette ville, nous révèle sa vocation poétique par le manuscrit que nous avons sous les yeux, nous sommes heureux de pouvoir lui offrir l'appui de notre patronage. Lui aussi, n'a pas dédaigné de venir se mêler parmi la foule de ceux qui croissent et grandissent, à l'ombre tutélaire de l'immortel Goudelin, leur éternel modèle. Initié comme lui à la science du droit, il s'enorgueillit d'être son confrère à un double titre. Nous osons lui assurer que, marchant sur ses traces, il s'assoiera honorablement au banquet des poètes méridionaux.

Si nous avions à justifier M. Marcel Ceren d'avoir donné la préférence à l'idiome languedocien, pour tra-

duire les inspirations de sa muse, nous dirions que
cette langue a paru mieux convenir au genre simple et
naïf qui le caractérise; fidèle aux tendres impressions
que lui a laissées une enfance bercée au milieu d'objets
champêtres, son goût s'est naturellement porté vers la
pastorale. Or, quelle langue plus propre à peindre la
nature que celle qui est née dans les champs? De
l'idylle à l'apologue, il n'y a pas loin; elles sont sœurs
par le style; il est rare qu'un poète, habile dans l'un
de ces genres, ne le soit pas pour l'autre. Notre La
Fontaine, notre Florian le témoignent assez. L'auteur
que nous nous plaisons à faire connaître au public, a
touché ces deux cordes de la lyre avec un égal bonheur. Pour le moment, nous nous bornerons à le considérer comme fabuliste. Dans cette appréciation, il
nous suffira d'analyser une de ses fables. Toutefois,
les passages que nous allons en citer se recommandant
assez par eux-mêmes, nous serons sobres de commen-
taires. Lui-même, tout d'abord, va nous exposer son
sujet dans des vers on ne peut plus harmonieux et
faciles.

Cette fable a pour titre :

LOU GAT, LOU BRES É LA DROULLETTO.

Dous jouénis maridats, encaro fort noubicis,
Abion un petit gat qué fasio lours délicis,
May lour abio panat un bricounet d'amour,
Tant sabio gentimen fa pato dé bélour !
Tapla qu'èro poulit ; sa fourruro d'hermino
D'un présiden de cour l'y dounabo la mino ;
Dé mirgos et dé rats fasio sa coulaciou,
Tabés dins lou païs èro uno admiraciou :
Mais, tout qu'al qu'ayssi-bas finisqué dé bouno houro,
Sé l'on rits un moumeu, lou lendouma l'on plouro ;
Or, nostré petit gat, al coumblé del bounhur,
Pensabo pas jamay bézé soun cel escur :
El caressabo dounc ta rizento espérenço,
Quand, sus un leyt pla dur, al miet de la souffrenço,
La damo dé l'oustal benguet douna lou jour
      A n'un petit amour,
Qué, pel lou prumiè cop parésquet en droulletto.
Cupidoun es malin ! sans cessa d'estré angéto,
Nostro poulido drollo, al loc d'abé un arquet,
      Coumo lou Diou nenet,
      Qu'adoroun en Cythero,
      A coustat de sa mèro,

Abio dous souleillets
Per eillets,
Pla d'amouretos
Per aletos,
Car tout soun bisatchou
N'èro pas qu'un poutou,
Et sa bouqueto
Bermeilleto,
Qu'un broutou
De flou :
Certo, ta belo miniaturo,
De toutis la bésiaduro
N'abio pas nat besoun dé touto sa beoutat,
Per brisa sans rétour lou pèdestal del gat.
Cependen, lou minet, graço à sa gentillesso,
Encaro qualque temps counserbet la tendresso
Del mestré de l'oustal,
Sans quel' paouré animal,
Se sentiguesse trop d'aquélo préférenço,
Qu'an dounat dé tout tems lou reng è la naïssenço :
Mais soun astré palliguet
Tout-à-fait,
Quand nostro poutounéto,
Un bricou may faytéto,
Encadénèt, de sous brassous,

Soun papa tout glourious,

E qué lous jocs, lous ris, ensemblé ambé la gracio,

Coumo aoutant d'ausélous escapats de lour nits,

A peino espelférits,

Bengueroun boultéja, fadéja sur sa facio,

E randré sou pourtrèt,

Parfèt ;

Oh ! despey, tout fousquet per la poulido Loro,

Elo aoujet sous aoutas, coumo ço qu'on adoro,

Tandis qué lou gat soul, à sa grando doulou,

Nou rancountrèt pertout qué rébuts è frédou.

Dans ce début au ton badin, où brille un tissu de gracieusetés d'une incomparable mignardise, on se plaît à admirer aussi l'image heureuse et riante sous laquelle notre auteur a su nous présenter l'air naïf et enjoué de l'enfant.

Poursuivons. Notre chat, devenu un objet d'indifférence pour ses maîtres, il n'est rien qu'il ne fasse maintenant pour reconquérir leur affection ; mais, voyant tous ses soins, ses tours, ses gentillesses passer inaperçus, il cherche quelle a pu être la cause d'une telle disgrace, et, après s'être vainement creusé la tête,

El se rappelo anfin, y ben en soubenenço,

Que despey qualque tems, que despey la naïssenço,

L'y tenoun de clabats certens appartomens,
Ount anabo jadis coulca soun passo-tems :
Penden qu'aquel pensa l'y capigno la closco....

Voilà que tout-à-coup son monde disparaît aux pleurs,
aux cris qui se font entendre dans l'appartement voisin,
où repose l'enfant ; alors :

Estounat è surprés d'uno ta brusquo fuito,
Sans préné lour counsél, él sé mét à lour suito ;
Lous séguits pas à pas,
Ambé pla d'attenciou qué sé rébiren pas :
A péno dins la crambo,
Qu'amagat dins un couen, oun soun él brillo è flambo,
Beï soun moundé entouran un bres qué l'eblouits
A forço qué luzits ;
Sa formo, qué parés trabets la moussoulino
La pus claro, la pus fino,
Qué l'emblanquits coumo la neou,
Resemblo à n'un bateou ;
Toutos las flous dé la pradario
Y soun placados en broudario,
E sas franjos d'or
Gratilloun talomén lou cor,
Qu'on créio qué l'an fayt esprès per uno idolo,
S'on nou béjo à coustat la grosso bressayrolo.

N'èro pas estounan qué fousqüessé ta bel,
 E qu'én lou régardan fasquessé pensa al cél,
   Un jour, uno noubiéto,
    Réban uno angéto,
    L'abio courounat
   Dé sa courouno dé bierjéto.
Mais, penden qué, rabits, lous els dé notré gat
  En miran de caousos ta belos,
   L'y fan mimarelos,
  Tout d'un cop, près d'un grand elan
  Cadun s'en ba prouphetizan,
  Sur l'abeni de la pitchouno,
  Qu'après abé plourat, fredouno :
L'un, la bey dins souns bres, à trabets soun matis,
  S'announça coumo lou bel lys,
Que se rebeillo rey de l'empiro de Floro,
Atal, sur la beoutat, deou un jour regna Loro !
  L'aoutre : trabets aquel regar ta biou,
   Crey beze la facio de Diou,
  Tabes l'y douno tout per playre,
   Et dits : en acaban de la pertrayre,
Que se jamay sous els podoun abe setze ans,
Brillaran è fendran coumo de diamans.

Indépendamment de cet idéal que donne au berceau

cette couronne virginale, parure de l'innocence, peu d'instants après, quelle vigueur, quelle hardiesse de pinceau! quelle fécondité d'imagination! Comment saisir le reflet divin qui inonde cette physionomie d'enfant, si ce n'est en plongeant toute notre âme dans cet océan de lumière où se perd l'infini :

> L'aoutré, trabets aquel regar ta biou,
> Crey beze la facio de Diou!

Voici qui continue, sauf une légère omission :

> Cependen es bengut lou moumen de sourti,
> Per la daïssa dourmi;
> Mais aban, nou soun que minetos,
> Fayssounetos,
> Paraouletos,
> Amouretos,
> Que fan de nostre bres un nizal de poutous :
> Coussi! n'ero pas prou, se dits lou gat jalous,
> D'abé escoutat las milantos merbeillos
> Qu'an débitat à mas aoureillos,
> Cale encaro entendre poutouneja,
> Calineja,
> Qui nou sap qué ploura!...

C'est ce que ne peut comprendre notre chat, qui ne s'explique toutes ces jolies façons d'agir, toutes ces cajoleries à l'égard de la belle Laure, que par le berceau, son seul point de mire, auquel il attribue d'ailleurs un pouvoir magique. Puisqu'il en est ainsi, se dit-il, pourquoi ne viendrait-il pas, à son tour, occuper ce même berceau, qui, selon lui, procure à sa rivale ces honneurs, ces hommages dont il est si jaloux ? Une fois un tel dessein formé, il se retire avec l'espoir de le réaliser bientôt. En effet :

Lou lendouma,
Sans may tarda,
Penden qué nostro bouno èro à la prouménado,
Ambé la maynado,
Après abé daïssat la crambéto alandado,
Nostré gat, ou puleou nostré arpiou,
Proufitan del moument, qu'y fan pas attentiou,
S'en ba, coumo qualqu'un qué pano,
Où qué douçomentét camino sur de lano,
E sé glisso furtibomen,
Dins lou susdit appartomen :
N'és pas taleou dins la crambéto,
Que sans bésoun d'escaléto,
Sé trobo dins lou bres, soun uniquo embéjéto ;
Aqui, fièrot, d'el è dé cor,
Sé met à fa dé rèbés d'or.

Mais, penden qué s'y pabanabo,

Qué s'y carrabo,

Coumo un pacha,

Qu'attend qu'on bengo l'adoura,

La bressayrolo rintro ambé la bèlo Armido,

Sur soun bras endourmido,

Court bité bers lou bres, qué trobo embarrassat,

De sa majestat,

Lou Gat!

Estounado de tant d'aoudaço,

Qui t'a permés, l'y dits, dé pana aquello plaço ?

Atten, atten, atten, bilen usurpatur,

Yeou té baou fa paga lou mestié de boulur ;

E pren un martinet, penjat darrè la porto,

Pey, flisc, flasc, flesc sul gat, per l'y serbi d'escorto,

E nostre gat ountous, fouétat dinquios al sang,

Fouïnet en buffan.

Quantis, al jour dé bey, caldrio dé cops dé fouets,

Mais aoutromen cinglats qué's cops dé martinets,

Sé l'on bouillo cassa la scarioto raço

De touts lous turlupins qu'an usurpat lour plaço!

Certes, il faut convenir que c'est frapper droit au but, avec un peu trop de crudité de style si l'on veut ; mais enfin que ceux qui se trouveraient atteints par un tel coup s'en prennent à ce lait pur et franc que notre poète a sucé d'une mamelle sans fard, et qui coule encore de ses lèvres.

Maintenant qu'on a dû saisir le type de cette physionomie méridionale, il ne nous reste plus qu'un regret, celui de n'avoir pu citer la pièce entière ; bien des beautés seront demeurées cachées. Toutefois, les morceaux que nous avons mis au jour révèlent, selon nous, assez de poésie, pour donner une haute idée du talent qui distingue notre poète. On voit, en effet, qu'il possède ce naturel, cette grâce, ce coloris de style, cette finesse d'idées et cette originalité qui conviennent au genre des poésies qu'il cultive, et qui sont pour notre fabuliste le présage certain d'un glorieux succès.

Notre tâche serait finie, si nous ne tenions à cœur de la compléter aussi dignement que M. Marcel Ceren a complété celle qu'il s'est volontairement imposée. Voulant que sa muse réveillât un plus grand nombre d'échos, jaloux aussi de faire voir qu'il n'a pas abdiqué sa langue nationale, il s'est traduit lui-même en vers français, malgré le proverbe italien qui dit : *Traduttore, traditore.* Un tel courage, jusqu'ici sans exemple, nous promet une bonne et fidèle traduction; quel autre que lui, d'ailleurs, aurait pu mieux faire passer dans une langue, sans doute, à lui familière, tout ce qu'on rencontre de mouvement et de vie dans ses vers patois? Ainsi, la noble muse française n'a pas craint de faire alliance avec la muse champêtre, pas plus qu'autrefois la noble châtelaine ne dédaignait d'admettre, près d'elle, l'humble villageoise. Aussi bien, la véritable grandeur ne s'abaisse pas toujours, quand elle marche ensemble avec la simplicité.

Notre poëte va donc se lancer dans le tournoi littéraire, ayant pour armure un luth de peuplier à côté d'une lyre d'or. Et sa *Museto*, titre modeste que portera son volume, après avoir été enflée au souffle du vent parfumé de notre Midi, comme on voit sur la mer la voile du pêcheur s'enfler aux brises embaumées des côtes de Sicile, ira remplir de ses sons modulés et la chaumine et le palais!

EXTRAIT

DU RÉVEIL DU MIDI

DU 21 MARS 1847.

—◦○◦—

LITTÉRATURE LANGUEDOCIENNE.

On nous annonce un livre qui ne peut manquer de
fixer l'attention des nombreux esprits qui suivent avec
intérêt la renaissance de la littérature de nos contrées
méridionales. Un poète plein de sentiment et de verve,
et qui connaît toutes les richesses de la langue d'oc,
M. Marcel Ceren, avocat, est l'auteur de ce livre ayant
pour titre : *Ma Museto*. Nous avons été assez heureux
pour prendre communication de quelques pièces de ce
recueil, et comme nous ne sommes pas égoïstes, nous
avons demandé la permission de faire partager notre
plaisir à nos lecteurs, en leur soumettant une page de
ce brillant album. On aura ainsi un avant-goût de
l'œuvre qui comprend toutefois, il faut le dire, des
pièces de genres divers; en sorte que, pour la bien connaître, il faut la lire toute entière. Poète languedocien,

M. Marcel Ceren est aussi poète français, et nous avons vu, de lui, des poésies françaises d'une supériorité vraiment remarquable ; aussi n'avons-nous pas été étonnés de voir à côté du texte de sa *Museto*, une élégante traduction qui rendra son travail accessible, même à ceux qui ignorent notre langue du pays. Sans faire attendre davantage nos lecteurs, voici le gracieux morceau que nous leur avons promis.

Et puis, suivait la citation d'une des pièces de vers languedociens, qui sont renfermées dans ce volume.

OUVERTURE.

---◦❖◦---

A MA MUSETO,

A MA MUSETTE.

1.

Qui m'aourio dit pourtant, quand eri pitchounet,
Que tout, trabets moun cap, fugio coumo un lambret ,
Qu'en quittan moun païs, qu'en quittan moun bilatche,
Yeou me soubendrioy d'el, quand saïo pus maynatche ;

1.

Qui m'aurait dit, pourtant, lorsque j'étais jeunet,
Que mon esprit trottait, léger, comme un follet,
Qu'en quittant mon pays, qu'en quittant mon village,
Son souvenir vivrait après le premier âge ;

Jamay n'aourio cregut, quand n'abio que dex ans,

Que l'alphabet joul bras, ambe s'aoutres efans,

Anaben, tant souben, d'escolos en escolos,

Sans poude reteni las soulos bessarolos,

Qu'un jour, tout empaffat de grec é de lati,

Apres l'abe oublidat, apres n'abe fayt fi,

Yeou saïo rebengut à moun mayral lengatche,

Lou soul qu'abio poupat penden qu'eri maynatche ;

Ah ! c'est que m'a, toujour, rappelat moun païs,

Imatche que, jamay, n'a daïssat de soucis,

Que ressemblo à la flou, qu'escapo à la faoucillo,

Que me rappelo, anfin, lou miet de ma famillo.

Nani pare nou pot, égala lou bounhur

Que fa naïsse 'l matis, ambe soun cel d'azur ;

Lou marinié counten n'a pas poou de l'aouratche,

Atal es counfien, lou rêbé del jouene atche :

Je n'aurais jamais cru, lorsque j'avais dix ans,
Que l'alphabet en main, avec plusieurs enfants,
J'allais, le plus souvent, chez un maître vulgaire,
Sans pouvoir retenir le seul abécédaire,

Qu'un jour, tout hérissé de grec et de latin,
Tous deux rayés plus tard de sus mon calepin,
J'aurais fait un retour au maternel langage,
Le seul que j'ai sucé pendant tout mon bas âge ;

Ah ! c'est qu'il m'a toujours rappelé mon pays,
Image qui jamais ne laissa de soucis,
Qui ressemble à la fleur, ravie à la faucille,
Qui me rappelle, enfin, le sein de ma famille !

Non, rien n'égalera le bonheur frais et pur,
Qu'apporte le matin, avec son ciel d'azur ;
Le marinier joyeux ne croit plus à l'orage,
Tel est crédule, enfin, le rêve du jeune âge !

El nou rèbo que flous , petits rious , pradelets ,

Que jocs , amusomens , que nises , qu'aouzelets ,

Yeou sabi tout aco , per moun esperienço ,

Pey, c'est que tout aco , fa touto ma scienço ;

Car anfin yeou tabes , anabi dins lous prats ,

Quand ambe mous amics , abio fayt as souldats ,

E quand m'eri battut , ambel Jacquet ou'l Pierre ,

Dounaben al bincur , un branquet de lierre.

Qui m'aourio dit , pourtant , quand eri pitchounet ,

Que tout , trabets moun cap , fugio coumo un lambret ,

Qu'en quittan moun païs , qu'en quittan moun bilatche ,

Yeou me soubendrioy d'el , quand saïo pus maynatche !

C'est que quoique pla leng de l'entrumit oustal ,

Oun moun pero randet soun supreme badal ,

Ey rancountrat despey l'hyroundelo affligeado

Que bastissio soun nits , dejouts nostro teoulado.

Il ne rêve que fleurs, prés, limpides ruisseaux,
Que jeux, amusements, que nids et vols d'oiseaux,
Or, je sais tout cela par mon expérience,
Puis, c'est que tout cela fait toute ma science ;

Car enfin, dans les prés, je prenais mes ébats,
Lorsque avec mes amis j'avais fait aux soldats,
Puis, quand j'avais lutté contre Jacques ou Pierre,
L'on donnait au vainqueur un rameau de lierre ;

Qui m'aurait dit, pourtant, lorsque j'étais jeunet,
Que mon esprit trottait, léger, comme un follet,
Qu'en quittant mon pays, qu'en quittant mon village,
Son souvenir vivrait après le premier âge :

C'est que quoique éloigné du seuil de mes ayeux,
Où mon père nous fit ses suprêmes adieux,
J'ai retrouvé depuis l'hirondelle plaintive
Qui bâtissait son nid contre notre solive.

Qui m'aourio dit , tapla , quand courrioy dins lous prats,

Que lous bejo de flous, toutis parpailloulats,

Que lous rious, lous aouzèls , lous arbres, la berduro ,

De mous petits tableous oundraïon la pinturo :

C'est qu'aquelo sazou , oun tout es habitat ,

Que l'aouzel sul branquet , brezillo coumo un fat ,

A demourat , toujour, dins moun esprit pintrado ,

Coumo lou soubeni de ço que may m'agrado :

C'est que , quand lou printems fasio plaço à l'estiou ,

Que lou poul, lou matis , cantabo un soulel biou ,

Que dins l'aprep mietjour, entendio la cigalo ,

Yeou retenio lountems sa mourento finalo ;

Ah ! c'est que quand la neyt refrescabo s'bluets ,

Qu'on entendio de leng pla de roussignoulets

Repeta lour ramatche al sou de la museto ,

Yeou aprenio soulet soun humblo cansouneto ;

Qui m'aurait dit, aussi, quand j'allais dans les prés,

De mille et mille fleurs remplis et décorés,

Que l'oiseau, les ruisseaux, les arbres, la verdure,

A mes petits tableaux fourniraient leur peinture !

C'est que lorsque renaît cette verte saison

Où sur l'arbre l'oiseau voltige en folichon,

Elle a mis, dans ma tête, un riant paysage,

Qui m'apparaît souvent comme une douce image ;

C'est que quand le printemps faisait place à l'été,

Que le coq, le matin, l'avait prévu, chanté,

Que dans l'après-midi, j'écoutais la cigale,

Je savourais long-temps sa mourante finale ;

C'est que lorsque la nuit rafraîchissait les fleurs,

Qu'on entendait de loin les rossignols en chœurs,

Confier leur ramage, au son de la musette,

Je soupirais, seulet, son humble chansonnette ;

4

Es elo que m'a dit lous tendres soubenis

De mous prumieris ans, de moun poulit matis,

Es elo qu'a toujour tindat à moun aoureillo,

Quand debalo lou jour, quand l'albo se rebeillo :

Ah! se poudio tapla rejoui bostre esprit,

Qu'a rejouit lou meou, per tout ço que m'a dit,

Regrettaïo pas may lou tems de moun jouene atche,

Puisque mous soubenis, anion d'atche en atche !

C'est elle qui m'a dit les tendres souvenirs
De mon joli matin, de mes premiers plaisirs,
C'est elle qui résonne encore à mon oreille,
Quand le soleil descend, quand l'aube se réveille ;

Ah ! si jamais, grand Dieu, tout ce qu'elle m'a dit,
Peut charmer votre cœur, peut ravir votre esprit,
Je ne regrette plus les jours de mon bas âge,
Puisque mes souvenirs voleront d'âge en âge !

MON SYMBOLE POÉTIQUE.

A MON AMI, M. D. C★★★

> Un ami est un autre moi-même; il faut aimer
> ses amis plus que soi-même, sa patrie plus que
> ses amis, et l'humanité plus que sa patrie.
>
> COUSIN.

> La sensibilité fait tout notre génie.
>
> (MÉTROMANIE.)

II.

A tu moun camarado e moun coumpatrioto,
Que bos saoupre, coussi chez un poueto troto
Soun esprit, sa razou, soun imaginatiou,
Per pintra tout ço qua de pus dous, de pus biou?

II.

A toi mon camarade et mon compatriote,
Qui veux savoir comment chez un poète trotte
Son esprit, sa raison, l'imagination,
Pour peindre les objets de son affection,

Escouto dounc un paou, ço que lou may m'enspiro,

Quand sentissi fremi las cordos de ma lyro ;

Ensemble l'amistat, l'amour, la libertat,

Que ches yeou, nou fan qu'un, coumo la Trinitat ;

Aymi la libertat, parce que lou genio,

Nou pot pas s'ennayra, d'ambe la tyrannio,

Après la libertat, trobi re de ta bel ,

Que l'amour, per me fayre escalada lou Cel ;.

Qui pot millou , d'alllurs, mettre l'demoun dins l'amo ,

Qu'un cop-d'el embejat, que dous poutous de flamo :

Apey, ben l'amistat, que fa tremoula l' sort,

Quand bol griffa l'amic , qu'ayman dinquios la mort ;

L'amistat que deourio , des poples de la terro ;

Nou fayre qu'un soul pople , ou puleou qu'un soul frero ;

Elo soulo , ayssi-bas , daouréjo lou cami ,

E l'amic prep l'amic, tranquille pot dourmi ,

Tabes , quantis de cops , nous a serbit de guido,

Dins lous commençomens de nostro joueno bido ; .

Mais aro que t'an mes , nou sabi pas anoun ,

Nou me resto de tu , que l' charme de toun noum,

Mais , bay, t'aymi toujour , car malgré toun absenço ,

Ecoute donc un peu, ce qui le mieux m'inspire,

Lorsque je sens frémir les cordes de ma lyre :

Ensemble l'amitié, l'amour, la liberté,

Qui, chez moi, ne font qu'un, comme la Trinité !

J'aime la liberté, parce que le génie

N'a jamais pris l'essor, avec la tyrannie ;

Après la liberté — je ne vois rien de tel,

Que l'amour — pour me faire escalader le ciel.

Hé ! qui peut mieux d'ailleurs jeter le dieu dans l'âme,

Qu'un coup-d'œil langoureux, que deux baisers de flamme !

Et puis vient l'amitié, faisant trembler le sort,

Qui veut griffer l'ami, chéri jusqu'à la mort ;

L'amitié — qui devrait, des peuples de la terre,

Ne faire qu'un seul peuple, ou plutôt qu'un seul frère ;

Elle seule, ici-bas, dore notre chemin,

Et l'ami près l'ami, peut dormir sans chagrin ;

Aussi combien de fois, de nos âmes maîtresse,

N'a-t-elle pas guidé notre frêle jeunesse ?

Mais, depuis qu'on t'a mis, je ne sais plus où, non,

Il ne me reste plus, d'un ami, que son nom ;

Or, je t'aime toujours, car malgré ton absence,

Nou t'ey pas oublidat, ey surtout soubenenço,

D'aquel moumen fatal, oun nous sarran la ma,

Nous tegnon embrassats , sans poude nous quitta ;

Cependen a calgut nous separa de forço ,

E fayre, malgre tout, coumo quand on diborço,

Mais , ço que m'a, d'espey, may que may counsoulat ,

E que per toutis dous , demourara sacrat ,

Acos , ba sabes pla, l'eternelo pensado

De nous ayma toujour , coumo Oresto é Pilado ;

Apres un tal espouer, apres un tal sermen ,

Res nou pòt egala moun grand countentomen ,

Aro que sabes dounc , ço que lou may m'enspiro,

Quand sentissi fremi las cordos de ma lyro ,

Que sabes que per tu , soun poussedat del diou ,

Nou te disi re may, qu'adiou , amic , adiou !

Tu n'es point oublié, j'ai surtout souvenance

De cette heure fatale, où nous serrant les mains,

Nous nous embrassions, comme deux orphelins;

Cependant il fallut se séparer de force,

Et faire, malgré tout, comme lorsqu'on divorce;

Mais, ce qui m'a depuis, certes bien rassuré,

Et qui pour tous les deux demeurera sacré,

C'est le serment, tu sais, ô mon cher camarade,

De demeurer unis, comme Oreste et Pilade;

Après un tel espoir, après un tel serment,

Rien ne peut égaler mon grand contentement;

Puisque tu sais, enfin, ce qui le mieux m'inspire,

Quand je sens frissonner les cordes de ma lyre,

Que tu sais que pour toi, je suis tout plein du Dieu,

Je ne te dis plus rien, qu'adieu, mon cher, adieu!

PASTOURALO.

A Mlle CAMILLE DE L★★★

Beni m'estrena d'un poutet,
Ça disi jou, belo aymiéto,
Que petara sur ta bouqueto,
Coumo quand cridi lou gatet.
GOUDELIN.

III.

Lou matis, en estiou, quand la gaïo laouseto

Beï parti, sans regret, la darniero estéléto,

Un pastre ero sourtit per alarga l'troupel,

Sul coustou de l'endret, lou pus gras, lou pus bel :

III.

Le matin, dans l'été, quand la gaie alouette,
Au départ de l'étoile et s'envole et caquette,
Un pâtre était sorti, conduisant son troupeau
Sur le coteau voisin, le plus gras, le plus beau;

Aquel poulit coustou douminabo l'bilatche,

Lou prumié del soulel saludabo l'bisatche,

E quand de sous rayouns, abio soun froun daourat,

Semblabo de pla leng à n'un rey courounat,

De sous flancs s'escapabo uno pla claro aïgueto,

Tabes, à bisto d'el, y grandissio l'herbeto,

Lous moutous, lous agnels ne sabion lou cami,

Un cop qu'eroun dessus s'en poudion pus sourti ;

S'y troubaboun tant pla, fasion tant bouno chèro,

Qué n'aouriots pas bist un que pretchesso miséro,

E lous pastres quillats sur un roc puntillous,

Bejon païsse s'troupels ambe un aïre orguillous !

Nostre pastre pourtant, aquesto maïtinado,

Ero sourtit tout soul, crento la souleillado

Del resto del mietjour ; n'ero pas sans razou,

Car despeï pla lountems, n'abio faït tant calou !

Fousquet pas arribat al pé dé la coulino,

Qué toutis sous moutous l'y moustreroun l'esquino,

Or, ce joli coteau dominait le village,

Le premier au soleil il offrait son hommage,

Et quand de ses rayons son front était orné,

On l'eût pris de bien loin pour un roi couronné;

De ses flancs s'échappait une source d'eau vive,

Aussi l'herbe y venait plus fraîche et plus hâtive;

Les moutons, les agneaux y couraient sans détour,

Une fois sur la côte, adieu le prompt retour!

Ils s'y trouvaient si bien, faisaient tant bonne chère,

Que pas un, Dieu merci, ne présentait misère,

Et les pâtres assis, sur un roc sourcilleux,

Contemplaient leurs troupeaux, d'un air tout orgueilleux!

Notre berger pourtant, à travers la rosée,

Dont la campagne encore était toute arrosée,

S'acheminait seulet, craignant les feux du jour,

Qu'un été des plus forts, ramenait dans son cours;

A peine arriva-t-il, au pied de la colline,

Qu'aussitôt ses moutons lui montrèrent l'échine,

E pla bité, al galaoup, grimpéroun sul coustou,

Car boulion lou daïssa, sans un brin de gazou;

Lou pastourel labets, sans cregne cap de fuito,

Lous quitet un moumen, s'escartet de lour suito,

Anguet s'entreteni de la de soun amour,

Fa redire soun noum, as échos d'alentour :

« Beï se passara pas, sans aouzi ma Camilo,

» Boli me mirailla dins uno oundo tranquillo,

» Per l'y plaïre toujour, ça disio tout soulet ; »

Aco l'y tenio l'cap coumo un esprit foulet :

Ah! c'est que sa Camilo ero pla poulideto,

Abio lou pe, la ma, d'uno doumaïseleto,

Sa bouco baïllo mai de cent milo poutous,

Y naïssion à manats, coumo en un prat las flous;

Sous trets eroun charmans, sa taillo degourdido,

Soun corps pus blanc qu'un lys, enfin ero accoumplido :

Sur soun froun, rayounabo uno grando clartat;

Un cop qu'on l'abio bisto, adiou la libertat!

Lou prumié, nostre pastre abio sentit la flamo,

D'aquel regar de foc, que l'y traoucabo l'amo,

Il les eût fallu voir grimper sur le coteau,

Avec lè fol espoir de n'y laisser que l'eau.

Dès lors notre berger, sans craindre aucune fuite,

Montre à son tour le dos, s'éloigne de leur suite,

Va rêver, à loisir, l'objet de son amour,

Et répéter son nom aux échos d'alentour :

« Avant la nuit, ce soir, j'entendrai ma Camille,

» Essayons de nous voir dans une onde tranquille,

» Pour lui plaire toujours, se disait-il seulet ; »

Ce désir lui trottait, comme un esprit follet.

Ah! c'est que sa Camille était bien joliette,

Avec son pied, sa main *d'une demoiselette,*

Et baisers d'arrondir sa bouche de corail,

Nombreux comme la fleur qui donne aux prés l'émail;

Ses traits étaient divins, sa taille dégourdie,

Son corps plus blanc qu'un lys.... une beauté finie....

Sur son front rayonnait une grande clarté,

A peine une fois vue, adieu la liberté !

Le premier, notre pâtre avait senti la flamme,

De ce regard de feu qui lui traversait l'âme,

Estelo de soun cel, ayssi-bas soun espouer,
Y rebabo l'matis, y rebabo lou souer!!!.....

Per millou caressa sa coustento pensado,
Caminet lentomen bers la sourço argentado,
Ount abio decidat de mirailla soun froun :
Coumo tout ero fresc, al prep d'aquelo foun !
Sus sous bords estelats d'un milloun de flouretos,
On sentio lou parfum qu'exhaloun las biouletos,
Lous arbres animats pel cant des aouselous,
D'aquel poulit endret, bous randion amourous.

Las fillos, lou dimenge, y courion toutos fiéros,
Fasion à qui peleou y saïon las premiéros,
Per dansa sul gazou, per y cuilli las flous,
Que, lou dimenge aban, n'eroun que de boutous !

Las folos, sabion pas qu'aquel dous païsatche,
De lours jocs, de lours ris, ero l'fidele imatche,

Etoile de son ciel, ici-bas son espoir,

Son rêve du matin, et son rêve du soir!...

Or, pour mieux caresser l'image d'une amante,

Il chemine à pas lents vers l'onde transparente,

Dans laquelle il avait résolu de se voir :

Que tout était riant, autour de ce miroir !

Sur ses bords étoilés d'innombrables fleurettes,

On goûtait le parfum des rares violettes,

Les arbres animés par le chant des oiseaux,

Eussent fait envier le sort des pastoureaux!...

Les filles, le dimanche, y couraient toutes folles,

Faisant à qui plutôt, par mille fariboles,

Y fouleraient l'herbette, y cueilleraient les fleurs,

Qui, le dimanche avant, n'avaient séduit nuls cœurs,

Et sans songer, hélas! que ce doux paysage,

De leurs jeux, de leurs ris, la trop fidèle image,

Qué, coum' el, lour beoutat tario qualque jour,
Que dins lour cor enfin s'atudaïo l'amour !

Cependen, nostre pastre assei sus la berduro,
Mirabo dins la foun sa loungo chebeluro,
Fousquet tout réjouit, quand lou soulel leban,
A sous flots de rayouns, benguet douna l'élan,
El plouret de plaze, quand bejet l'aïgo puro,
L'y reflata l'rébeil de touto la naturo :
« Oï moun Diou ! ça cridec, qu'aqueste endret es bel,
« Yeou juri d'y beni, tant qu'aoure lou troupel ! »
Apeï, l'arbre, la flou, dinquios à la reyneto,
Tout, ero miraillat pel cristal de l'aïgueto !
Tabes, lou pastourel rabit d'aquel endret,
Ero desesperat de s'y trouba soulet !

El aourio boulgut beze al miet de sa charmillo,
Lou rebe de soun cor, la graciouso Camilo :
« S'en soun mestre jamaï, coumo d'aquelos flous,   •
» Boli, disio l'farot, la mingea de poutous ;

Ainsi que leurs beautés, se fanerait un jour,

Que de leurs cœurs, enfin, s'envolerait l'amour.

Cependant notre pâtre assis sur la verdure,

Voyait, à travers l'eau, sa blonde chevelure,

Son œil s'illumina, quand le soleil levant

A ses flots de rayons s'en vint donner l'élan ;

Il pleura de bonheur, quand, soudain, l'onde pure

Refléta le réveil de toute la nature :

« Mon Dieu, s'écria-t-il, que cet endroit est beau,

» Je jure d'y mener à jamais le troupeau ! »

Et puis, l'arbre, la fleur, jusques à la rainette,

Dans le crystal de l'eau, tout s'y peint, s'y réflète,

Et même le berger, languissant, inquiet

D'admirer un tel site, et d'en jouir seulet !

Il aurait voulu voir, à travers sa charmille,

Le rêve de son cœur, sa charmante Camille :

« Si jamais, j'en suis maître, autant que de ces fleurs,

» Je veux me la manger, dit-il, dans ses fureurs ;

» Anfin, quand sara dounc ma belo fiançado,

» Couro poüiren ensemble ana jouts la fuillado? »

Atal, despei lountems, parlabo l'pastourel,

Sans pas maï s'abisa de soun paoure troupel,

Cependen l'ennemic, que roudabo dins l'aïre,

S'apprestabo à puni lou malhurous fringaïre :

Penden dounc quel pastou fasio lou langourous,

Que mountabo soun cor al toun d'un amourous,

Que nou bejo que flous à trabets soun aïgueto,

Que daïssabo dourmi soun gous é sa houleto,

Un aiglo das pus forts s'abat sur soun troupel,

Ne disperso s'moutous, n'emporto lou pus bel ;

Quand lou pastre aouziguet aquelo debandado,

Partiguet bitomen, hâtet soun arribado,

Mais fousquet pla matat, quand bejet del coustou,

L'aiglo déjà pla naout emporta lou moutou !

» Quand sera-t-elle, enfin, ma belle fiancée,

» Quand viendra-t-elle au bois, me dire sa pensée ? »

Ainsi depuis long-temps, rêvait le pastoureau,

Et ne plus s'occupait de son pauvre troupeau ;

Cependant l'ennemi qui plane dans l'espace,

Sans qu'il s'en doute, hélas! l'observe et le menace :

Or donc, tandis qu'il fait le berger langoureux,

Qu'il remonte son cœur au ton d'un amoureux,

Qu'à travers l'eau fleurie, et le délire en tête,

Il semble n'avoir plus de chien et de houlette,

Un aigle des plus grands s'abat sur le troupeau,

Disperse les moutons, emporte le plus beau ;

Au bruit tumultueux de cette débandade,

Le pâtre d'accourir, d'accuser sa naïade,

Mais il fut tout honteux, quand du haut du coteau,

Il vit l'aigle emportant son mouton le plus beau.

Lou souer, countet soun dol à sa pastoureleto,

Que lou réprimandet, d'uno faïssou douceto :

« Moun amic, l'y diguet, on pot estre fidel

» Sans praco, pel l'amour, negligea l'essentiel ! »

Le soir, il dit son deuil à sa bergeronnette,

Qui lui fit la semonce, en amante discrète :

« Mon ami, lui dit-elle, on peut être constant,

» Et ne point immoler le berger à l'amant!... »

Les Ecoliers et le petit Bâtiment.

A M. ACHILLE JANOT.

Acos per tu qu'ey fayt aquesto pouesio ,
Tu , que portos lou noum del pus grand des guerriés ,
Coum' el bezi toun cap festounat de laouriés ,
Car te diran , un jour , l'Achillo del génio.

IV.

Penden qu'éroun en classo, un manat d'escouliés,
Al loc de pla studia, fasion de lour cahiés
Un petit bastimen, qu'en sourtin de l'escolo,
Debion abandouna sul cours d'uno rigolo ;

IV.

Pendant leur classe, un jour, bon nombre d'écoliers
Négligeant leurs devoirs, faisaient de leurs cahiers
Un petit bâtiment, qu'en sortant de l'école,
L'on devait confier au cours d'une rigole ;

A peino fousquet fayt, que l'houro de sourti
Repoumpiguet dex cops, al relotge bezi :
Alabets aouriots bist touto aquelo racailho,
Ambe la memo ardou que la santo canaillo,
Demanda coumo pa, l'antiéro libertat ;
Tabes, l'houro n'a pas encaro repicat,
Que deja lous mutins se peltiroun deforo,
Et que lour mestre soul dins la salo demoro,
Lour cridan tant que pot, et d'un aïre pedant :
C'est assez... finissez... à ce soir cependant...
Mots rounflants et sounants, doun se rinço la bouco,
Coumo del millou bi de la millouno souco ;
Mais nostres miquelets, al loc de l'escouta,
Fan millo sinjariés, per lou fa despita ;
L'un l'y fa'n pan de nas ou l'y tiro la lengo,
Et l'aoutre, en se truffan, repeto soun harengo,
Anfin cadun, per el, deben un Lucifer,
Que bou l'y fa embeja las douçous de l'infer.

Or, penden qu'es lutins et lour milo grimaços,
Désespèroun lour mestre et toutos sas menaços,

A peine fut-il prêt, que l'heure de sortir
Au clocher du hameau, vint dix fois retentir,
Alors l'on aurait vu toute cette marmaille,
Prise du même feu que la sainte canaille,
Demander, comme pain, l'entière liberté ;
L'heure dite au clocher, n'a pas deux fois tinté,
Que déjà des bandits la nombreuse cohorte
Se chamaillant dehors, laisse seul sur la porte,
Le maître qui leur crie, avec un air pédant :
C'est assez.... finissez.... à ce soir cependant !....
Mots ronflants et sonnants, dont il rince sa bouche,
Comme du meilleur vin, de la meilleure souche ;
Mais, tous nos miquelets, au lieu de l'écouter,
S'érigent en magots, pour le mieux dépiter,
L'un fait un pan de nez, ou bien tire la langue,
Et l'autre, le narguant, répète sa harangue,
Enfin chacun pour lui devient un Lucifer,
Qui lui fait envier les douceurs de l'enfer !

Tandis que nos lutins et leur mille grimaces
Déconcertent leur maître et toutes ses menaces,

6

Lou qué porto d'amb'el lou petit bastimen,

bers l'endret coumbengut, s'abanço fiéromen ;

Quand nostres campardins bezoun lour camarado

N'abé qu'un pas à fa, per dintra dins la prado,

Bîte plantoun aqui lour mestre détestat,

Et fan à qui péleou saoutara dins lou prat ;

Soun pas taléou partits, coumo uno bando folo,

Qué sé troboun d'abord, al prep d'uno rigolo,

Oun, sans reprene haleno et sans perdré un moumen,

S'empressoun de plaça lou petit bastimen,

Qué glisso de lours mas et fugits ambé l'oundo ;

Labets, lous escouliés, ché qui la joyo aboundo,

Nou sé poussédoun pus, jettoun aoutant de crits

Qué s'abion pus d'escolo ou s'abion pres un nits :

« Es pas lou tout, fa l'un, qu'appeloun Mascarillo,

» Nous cal al bastimen fayre uno pacoutillo ;

» Anen, qué cadun dounc se fouille lou poutchet,

» E qué n'en sortio tout, dinquios à n'un croustet. »

E toutis d'apploudi, de se fouilla pla bite,

Car d'y plaça quicon, boloun abe l' merite.

Celui qui porte, en main, le petit bâtiment,

Vers l'endroit convenu, chemine tout gaîment ;

Un pas le séparait encor de la prairie,

Qu'aussitôt faisant trève à leur tracasserie,

Nos marauds plantent là, leur pédant abhorré,

Et font à qui plutôt sautera dans le pré ;

Les voilà donc partis, comme une bande folle,

Se ruant tous ensemble, au bord d'une rigole,

Où sans reprendre haleine et sans perdre un moment,

Ils placent aussitôt leur petit bâtiment,

Qui glisse de leurs mains, et s'enfuit avec l'onde ;

Alors nos écoliers, chez qui la joie abonde,

Ne se possèdent plus, jettent le même cri,

Qu'un congé leur inspire ou l'aspect d'un nid pri :

« Ce n'est pas tout, fait l'un, qu'on nomme Mascarille,

» Il faut au bâtiment, faire une paccotille,

» Allons ! que chacun donc, la main dans le gousset,

» En fasse tout sortir, jusques au moindre objet : »

Ecoliers d'applaudir, de se fouiller bien vite,

Puis, chacun, de sa part, d'étaler le mérite.

Mascarillo, entretan, lou prumié qu'a parlat,
S'abiso ambel coutel d'y fayre un petit mat ;
Mais un pus abisat : « que ma plumo tant belo,
Serbisco, ça diguet, et de mat et de belo ;
E sul cop, on la bey flouta sul bastimen,
Que semblo défisa las oundos et lou ben ;
Lous escouliés rabits d'uno talo merbeillo,
L'ardou de lou carga, may qué may, sé rébeillo ;
Janou lou prumiè ben, y plaço un petit tap
Qué n'a pas lou poudé d'y fayré acata l' cap,
Encourachat del cop, cadun à soun tour gaouso
Y plaça quicoumet, l'un y met uno caouso
Et l'aoutré yn met uno aoutro, enfin lou bastimen
Coumpléto paouc-à-paouc soun parfet cargomen :
Mais penden qué fiérots et rengats à la filo,
Nostrés jouénis marins lou regardoun que filo,
Un darnier, mal bengut, y bouto soun crayoun
Que lou surcargan trop, bou l'a fayt coula foun.

Tu que bos entassa scienço sur scienço,
Proufito, sé té play, d'aquesto espérienço ;

Cependant Mascarille, au bruit d'un tel *vivat*,

Veut avec son couteau, lui façonner un mât,

Mais un plus prompt, plus vif : « que ma plume et sa toile

Lui servent, leur dit-il, et de mât et de voile, »

Aussitôt on la voit dessus le bâtiment,

Qui semble défier les ondes et le vent ;

Nos écoliers ravis d'une telle merveille,

L'ardeur de le charger, plus forte se réveille,

Janou vient le premier, y dépose un bouchon,

Qui ne peut le charger, en aucune façon ;

Jaloux de cet exploit, chacun à son tour ose

Y porter son tribut, l'un y met une chose

Et l'autre en met une autre, enfin le bâtiment

Complète peu-à-peu son entier chargement ;

Mais tandis que joyeux, et rangés à la file,

Tous nos jeunes marins le regardent qui file,

Un dernier, mal appris, y place son crayon,

Qui le surchargeant trop, l'a fait couler à fond !

Toi, qui veux entasser science sur science,

Profite, s'il te plaît, de cette expérience,

Angues pas trop glaouffi toun cap et toun esprit

Dé tout ço qu'an escrit, et de tout ço qu'an dit;

Aoutromen ta razou que té sert dé boussolo,

En cami, risquaïo dé fa la cabirolo :

Sigur lou bastimen coulabo pas à foun,

Sans lou lourd subrépés d'aquel maoudit crayoun.

Ne va point encombrer ta tête et ton esprit,

De tout ce qu'on a dit, de tout ce qu'on écrit,

Ou ta raison, vois-tu, qui te sert de boussole,

En chemin pourrait bien faire la cabriole ;

Certes le bâtiment ne coulait pas à fond,

Sans le surcroît, hélas ! de ce maudit crayon !

LA CANILLO É LOU RIOU,

La Chenille et le Petit Ruisseau.

V.

Eren à la sazou, oun lou bent déjà fort,
Reten lou marinié, lountems, pla leng d'el port,
Ero un jour de septembre, abio plagut la beillo,
Lous rious ramplidis d'aïgo, eroun couberts de feillo,

V.

C'était lorsque le vent, impétueux et fort,

Retient le marinier, long-temps, bien loin du port,

C'était un jour d'automne, après de longues pluies,

Les rigoles étaient de feuille et d'eau remplies,

Tant lou bent que fasio, menabo de ramboul,
Tant brandissio souben lou superbe piboul!

Sus bords d'un d'aques rious, uno lourdo Canillo,
Malgré lou méchant temps, rampabo fort tranquillo,
Quand un gros cop de bent qu'arribabo d'el nord,
Bous l'agafo en passan, e l'arranco del bord;
La Canillo aoutaleou fa la pipo-redolo,
E sans s'arrapa en loc, dins lou balat redolo;
A peno nostre riou l'y refredits la pel,
Que coumpren soun malheur, bîte d'alanda l'el,
Et de s'assigura, se beï pas qualque ajudo,
Que bengo à soun secours, ou be se crey perdudo;
Mais n'ou trobo pertout, qu'un abyme prigoun,
Dount espero, aban paouc, ana sounda lou foun;
Cependen oubéïts à l'enstinct que la guido,
E ramo, tant que pot, per se salba la bido!

Maï que, se la beziots fa aquel triste mestié,
La prendriots per un diable, al miet d'un bénitié,

Tant le vent, qui soufflait, se montrait sans quartier,
Tant il secouait fort le géant peuplier.

Le long d'une rigole, une énorme chenille,
Malgré vents et marais, rampait, mais fort tranquille,
Lorsqu'un grand coup de vent, un échappé du nord,
L'emporte dans ses plis et l'arrache du bord,
La chenille aussitôt, ronde comme une boule,
Sans s'accrocher à rien, dans la rigole roule,
Mais à peine tombée au milieu du ruisseau,
De déplorer son sort, de craindre pour sa peau,
De regarder si rien vient s'offrir à sa vue,
Qui puisse la sauver ou bien elle est perdue;
Mais son œil n'aperçoit qu'un abyme profond,
Dont avant peu sans doute, elle ira voir le fond,
Cependant son instinct la soutient, la ravive,
Elle fait maints efforts pour regagner la rive;

A la voir faire, hélas! un si triste métier,
On croirait voir un diable, au fond d'un bénitier,

Tant elo se débat, tant elo se demeno,

Per brisa, se se pot, uno talo cadeno,

Mais, a bel s'agita, bel se degourdilha,

L'oundo l'y dits toujour, que pot pas s'en tira.

Labets lou desespouer s'emparo d'aquelo amo,

Et la pus proumto mort, es tout ço que réclamo,

Car anfin à cale, tot ou tard, estre al flot,

Aoutant bal qu'al puleou, l'y serbisco de clot!

Quand dounc, maï que jamaï, l'oundo la ten captibo,

Quand crei, pel darnié cop, beze l' Cel e la ribo,

Un aoutre cop de bent, pus fort que lou prumié,

L'y trigosso en passan, un branquet d'oulibié,

Que toumbo justomen al pun de la rigolo,

Oun la paouro negado e plouro e se desolo;

L'aimant n'a pas d'effet, ni pus proumt, ni pus biou,

Que n'aoujet l'ou branquet, dins aquesto ouccasiou.

La Canillo en effet l'aoujet pas bist à peno,

Que s'entisquet toumba sa pesanto cadeno,

E sans perdre un moumen, car abio prou begut,

S'arrapet al branquet, sa plancho de salut;

Tant elle se débat, tant elle se démène,

Pour tâcher de briser une aussi lourde chaîne,

Mais elle a beau vouloir sortir de ce marais,

L'onde lui dit toujours : je te tiens à jamais.

Alors le désespoir s'empare de son âme,

Et la plus prompte mort, c'est ce qu'elle réclame,

Car enfin, s'il lui faut, s'ensevelir sous l'eau,

Pourquoi lui faire attendre un si cruel tombeau?

Quand donc plus que jamais, l'onde la tient captive,

Qu'elle croit pour toujours, avoir vu ciel et rive,

Un second ouragan plus fort que le premier,

Lui renvoie, en passant, un rameau d'olivier,

Qui vient choir justement au point de la rigole,

Où la pauvre noyée et pleure et se désole,

L'aimant n'a point d'effet ni plus prompt, ni plus vif,

Que le rameau sauveur, encor plus attractif;

La chenille, en effet, l'entrevoit-elle à peine,

Qu'aussitôt elle sent tomber sa lourde chaîne,

Et sans perdre un instant, visant droit à son but,

Elle court au rameau, sa planche de salut;

Apeï, on la bejec, quand fousquet pus captibo,
Remira ambe plaze, lou cel é maï la ribo !

Tu dounc, qu'un cop de sort a secoutut cambal,
Nou desesperes pas, de soun arrest fatal ;
D'un jour à l'aoutre, pot cambia ta destinado,
Temouen l'ébénomen de la paouro negado,
Qu'en se salban, nous dits: qu'el pus grand ennemic,
Pot tapla debeni nostre pus grand amic !

Puis, remerciant Dieu, de n'être plus captive,
Elle ne peut assez voir le ciel et la rive !

Toi donc, pour qui le sort est toujours inégal,
Ne désespère point de son arrêt fatal,
D'un jour à l'autre, il peut changer ta destinée,
Témoin l'évènement de notre infortunée,
Qui se sauvant nous dit : qu'un mortel ennemi
Peut parfois devenir notre meilleur ami !

PASTOURALO.

L'ÉFANT DE PIERROUNET DE CASTELGINEST

É LOU GRIL ;

L'Enfant de Pierronnet de Castelginest et le Grillon.

A M. JANOT, Docteur-Médecin, à Narbonne.

VI.

Al retour del printems, quand tout se rebiscoulo,
Que l'ameillé flourits, è que l'amour roucoulo,
Que l'on entend de leng, respoundre al roussignol,
Lou cascadis del riou, que coulo à bel rajol,

VI.

Au retour du printemps, quand la vie à flots coule,
Que l'amandier fleurit et que l'amour roucoule,
Que l'on entend de loin répondre au rossignol,
Le ruisseau qui caquette harmonieux et fol,

L'efant de Pierrounet ero anat à la casso
Des grils ressuscitats. Per depista lour traço,
Lou degourdit Pierrou dintret dins un pradel,
Espaousat al soulel, tout fresquet, tout noubel,
Oun se randion lous grils de touto la countrado,
Per y brouta l'herbeto é poupa la rousado :

Fousquet pas dins lou prat, que n'enten un canta,
S'arresto tout d'un cop, per nou pas lou troubla,
Met l'aoureillo en arrest, escouto lou cantayre....
Se paouso, aoutromen dit, en habille cassayre,
Nou doublido pares, fa pla tout ço que pot,
Per nou pas se trahi, per pas estre capot ;
Quand se douto à pu près de l'endret oun pot estre :
« Paoure gril, ça diguet, baï, sarey leou toun mestre,
» Nou m'escaparas pas, te ba siguri pla,
» peleou mouri de fam, que de pas t'empourta ! »
Atal, dits lou farot, en fasquen bouno mino,
N'a pas encaro blad, que manejo farino,
Sans doute couneys pas l'histouero d'aquel fat,
Que bend la pel de l'ours, aban l'abe estranglat ;

L'enfant de Pierronnet, voulut faire la chasse
Aux grillons ranimés. Pour dépister leur trace,
Le sémillant Pierril se rendit dans un pré,
Au soleil exposé, de fleurs tout diapré,
C'est là que les grillons, par bande organisée,
Venaient pour brouter l'herbe et boire la rosée.

Il n'est pas dans le pré, qu'il entend d'un la voix,
Il s'arrête aussitôt, pour éloigner l'effroi
De celui qui soupire une aussi belle idylle,
Il agit en un mot, comme un chasseur habile,
Il ne néglige rien, mitonne son complot,
Pour ne point se trahir, ne point être capot ;
Quand il espère, hélas ! le voir bientôt paraître :
« Pauvre grillon, dit-il, je serai tôt ton maître,
» Toi m'échapper, morbleu, quel serait ton espoir?
» Plutôt mourir de faim, que de ne point t'avoir !»
Ainsi parle le fol, en faisant bonne mine,
Il n'a point encor blé, qu'il touche la farine ;
N'aura-t-il pas le sort de cet écervelé,
Qui vend la peau de l'ours, sans l'avoir étranglé ?

Amaco lou pendard sat mestreja sa joyo,

Tantôt coumo un reynard à l'affût de la proyo,

Que ten l'el aguzat, ou be coumo lou gat,

Que sat fa lou debot, per pas manqua soun rat,

Quand se cal ebranla, per segui la traïnado,

Que laïsso 'l cant del gril, prou leng, trabets la prado,

S'encadeno lou pas, é lou fa tant pitchou,

Qu'on recouneys pas may lou turbulan Pierrou :

Tabes, dins lou pradel, tout respiro ambe aïsenço,

Digus nou se ressent de sa traïto presenço,

Lou geanti parpaillol boultigeo sur las flous,

E proumeno al soulel sas brillantos coulous ;

La nympho de l'endret, la doumaïsello alado,

Ben per se mirailla, dins l'oundo de la prado,

Fiero d'abe panat sas aletos al Cel,

Se prouclamo pertout, la reyno del pradel,

Res n'interroumpt soun cours, l'aousel fa lou fringaïre,

Lous bruyants mouscaillous se debattoun dins l'aïre.

Cependen l'ennemic del repaous del grilloun,

Cependant le maraud sait maîtriser sa joie,

Tantôt comme un renard, à l'affût de la proie,

Avec son œil de lynx, ou bien tel que le chat,

Qui prend des airs dévots, pour mieux gober son rat,

Lorsqu'il faut s'ébranler, et par sa fourberie,

Dépister le grillon, chantant dans la prairie,

Il ralentit son pas et le fait si petit,

Qu'on ne reconnaît plus Pierril le franc bandit ;

Aussi dans la prairie, est-on sans défiance !

On y respire à l'aise, et malgré sa présence,

Le gentil papillon vole de fleurs en fleurs,

Fait reluire au soleil ses brillantes couleurs ;

La nymphe de ce pré, la douce demoiselle,

Vient se mirer dans l'eau, la rase de cette aile

Qu'elle s'enorgueillit d'avoir volée aux cieux,

Qui l'a fait dire, enfin, la reine de ces lieux :

Rien n'interrompt son cours, l'oiseau montre sa grace,

Les bruyants moucherons, s'ébattent dans l'espace.

Cependant l'ennemi du repos du grillon,

Nou perd pas un moumen , à trabets lou baloun ,

Soun el luzits toujour, per denitcha la tuto ,

D'aquel que nou fa pas, que criqua dins sa huto ;

Al gric-gric redoublat, d'aquel grand babillard ,

Pierrou doublido pas soun rolle de finard ,

S'entouro maï que maï, d'adresso é de prudenço ,

Per nou pas escampa touto soun esperenço ;

Tout l'y dits que l' traouquet , pot pas estre leng d'el ,

Mais qui sat se lou gril nou pren pas lou soulel ;

Regardo dounc pertout , del coustat que caqueto ,

Quand crey beze un traouquet amagat jouts l'herbeto :

» Boun , ça cridec Pierrou , gal'aïssi pel sigur ,

« O lou poulit traouquet !.. Oï moun diou qu'in bounhur ; »

Pey, empourtat pel foc, que met à sa poursuito ,

Partits coumo un lambrec, y galaoupo de suito ;

Ço que entriguo surtout l'efant de Pierrounet ,

Es de beze que l' gril a cessat soun caquet ,

El saouto de plaze, tout fier de sa troubaillo ,

E s'armo al même tems , d'uno prou loungo paillo ,

Que bisto entre sas mas , per fa sourti lou gril ,

Y demoro aoutant pla , que l' pus poulit fusil ,

Ne perd pas un moment, à travers le vallon,

Son œil brille toujours pour trouver la retraite

De celui-là qui fait, l'objet de sa conquête;

Au cric-cric répété de ce grand babillard,

Pierril ne quitte point son rôle de renard;

Il fait provision d'adresse et de prudence,

Pour ne point ruiner toute son espérance;

Tout lui dit qu'il n'est point éloigné du grillon,

Mais prend-il le soleil, se dit-il, que sait-on?

Son regard erre donc du côté qu'il caquette,

Quand il croit entrevoir un trou, dessous l'herbette:

« Sans doute qu'il est là, ce dit notre chasseur,

» Le joli petit trou! qu'il est grand mon bonheur! »

Puis, tout plein de l'ardeur qu'il met à sa poursuite,

Il part comme un éclair, y galope de suite;

Ce qui ravit surtout l'enfant de Pierronnet,

C'est que notre grillon ait cessé son caquet;

Il saute de plaisir, joyeux de sa trouvaille,

S'arme tout aussitôt, d'une assez longue paille,

Qui vue entre ses mains, pour chasser le grillon,

Y figure aussi bien qu'un fusil à piston,

Al bras d'un bracounier, que courrits à la casso,

De qualque perdigal, ou be d'uno becasso :

Tabes, se lou beziots, à l'entour del traouquet,

Lou fousica souben, s'y fa coumo un furet,

Diots pas qu'es Pierrou, que s'escrimo, s'enflamo,

A debaria 'n traouquet, oun beleou n'es pas amo,

Mais un petit lutin, escapat de l'infer,

Que ba fa tout trambla, jouts soun sceptre de fer :

Dins tout aco, lou gril nou mounto pas trop bite,

Qu'y troubats d'estounant? n'es pas aqui soun gîte.

Quand Pierrou recouneys, que s'es mal adressat,

Se trobo tout mouquet, a lou fioulel coupat ;

Regardo aquel echec, fatal à soun attento,

Coumo un defit jetat à sa ma tant balento ;

Mais, nostre desubrat nou se rebuto pas,

Car penso trouba l' gril un bricounet pu bas,

Dins aquel ferme espouer, se remounto en patienço,

Repren soun prumié rolle, et s'escarto en silenço.....

Cependen nostre gril, qu'abio tout entendut,

Al founze de soun traouc, ero demourat mut,

Au bras du braconnier, qui va faire la chasse

Soit à quelque perdreau, soit à quelque bécasse ;

Aussi, si l'on eût vu, près du trou, le pauvret,

Le fouiller bien souvent, s'y faire en vrai furet,

On n'eût pas dit Pierril, qui s'escrime, s'enflamme,

A saccager un trou, qui peut-être est sans âme,

Mais un petit lutin, échappé de l'enfer,

Qui voudrait tout soumettre à son sceptre de fer.

Cependant le grillon ne monte pas trop vite,

Qu'y trouver d'étonnant? Ce n'est point là son gîte.

Quand Pierril reconnaît, hélas ! qu'il s'est trompé,

Il est tout comme un sot, a son sifflet coupé :

Il voit dans cet échec, contraire à son attente,

Un défi bien formel à sa main si vaillante ;

Mais notre désœuvré ne se refroidit pas :

« Je trouverai grillon, dit-il, un peu plus bas..... »

Dans un si ferme espoir, il reprend patience,

Reprend son premier rôle et s'éloigne en silence.....

Cependant le grillon, en auditeur secret,

Au fond de sa guérite, était resté muet,

Encaro n'ero pas rebengut de l'alerto,

Qu'abio caousat Pierrou, fier de sa descouberto,

Quand, per lou prumié cop, la bisto d'un traouquet,

Lou fasquet demena, coumo un esprit-foulet :

Tabes, per expia lous pecats de soun amo,

Cal qu'attendo, que l' gril recoumençe la gamo,

Pierrou dounc, tout coùntrit, fa soun *meâ culpâ*,

En se proumetten pla de pas maï s'attrapa,

En attenden, groussits sa doso de patienço,

Fa l'endourmit, lou mort, amago sa presenço,

Enfin, sat tant pla fa, lou gat enfarinat,

Qu'à forço de manetche, ensourcelo lou prat.

Oh! coumo s'aploudits, d'abe fayt l'hypoucrito,

Déja l' calme descend dins la paouro guerito,

Oun tridolo l' cantaïre, oun s'arruco lou gril,

Que grillo de poude reprene soun babil,

Tant el sat ; que quand fa tinda sas dos aletos,

N'a pas bezoun de courre après sas amouretos.

Or, nostre cupidoun, un cop rassigurat,

Repren, ambe transport, soun cant de libertat !

Encore il n'était pas revenu de l'alerte,

Produite par Pierril, fier de sa découverte,

Quand, la première fois, l'aspect d'un trou seulet

L'avait fait s'agiter, comme un esprit follet;

Aussi pour expier les noirceurs de son âme,

Faut-il attendre encor, du dit grillon la gamme?

Pierril donc tout contrit, porte bien bas le front,

Se promet de ne pas essuyer d'autre affront :

Cependant, il grossit sa dose en patience,

Fait l'endormi, le mort, il cache sa présence,

Il contrefait si bien le chat enfariné,

Que le pré, par son art, se trouve fasciné;

Oh ! comme il s'applaudit, d'avoir fait l'hypocrite,

Le calme redescend dans la pauvre guérite,

Où tremblait le chanteur, se crispait le grillon,

Qui brûle de pouvoir reprendre sa chanson,

Tant il ignore peu que le bruit de ses ailes

Charme le voisinage et captive ses belles !

Or, notre cupidon, plein de sécurité,

Reprend, avec transport, son chant de liberté !

« Oh! pel cop, dits Pierrou, que reben à la bido,

» Saras pla fi, paourot, se troumpes moun aouzido; »

Mais, en home prudent, qu'a pares doublidat,

S'abanço, à pas de loup, ber l'endret desirat;

Lou gril canto pas maï, Pierrou de sa maneto,

Après s'estre acatat, esparpillo l'herbeto,

La biro et la rebiro, en cent milo fayssous,

Sans praco desterra lou traouc mysterious :

N'a pourtant hist maï d'un, toutis, à tristo mino,

Que de pas cap de gril, n'an fay beze l'esquino,

Aco desoulario tout aoutre que Pierrou,

Mais, s'el resisto encaro à sa mechanto humou,

C'est qu'a bist dins lou prat, coumo uno ilo flourido,

Oun brillo, d'ambe esclat, la blanco Margarido,

Que semblo l'appela, d'un ayre gracious,

E l'y dire qu'abrito l' traouc mysterious,

Pierrou s'y jeto dounc, en touto counfienço :

Mais pla fat, qui se fizo à la simplo apparenço !

Or, n'y bejet que flous, é pas un soul traouquet,

Aquel darnier affrount, l'y fousquet un soufflet;

Alabets insultat per uno talo ouffenço,

« Pour le coup, dit Pierril, qui renaît, ressuscite,

» Si je ne le prends point, bien fin sera l'ermite ? »

Mais en homme prudent, qui sait tout son passé,

Il marche à pas de loup, vers le trou menacé ;

Grillon ne chante plus, Pierril, toujours habile,

S'incline vers l'herbette et sa main l'éparpille,

La tourne et la retourne, il fait briller ses yeux

Sans pouvoir déterrer le trou mystérieux.

Il en a vu plus d'un, qui, tous à triste mine,

D'aucun grillon, hélas ! n'ont présenté l'échine :

Voilà qui crisperait tout autre que Pierril,

Mais s'il ne fronce pas encore son sourcil,

C'est qu'il est dans le pré, comme une île fleurie,

Pays de douces fleurs, pays de rêverie,

Qui semble l'appeler, d'un air tout gracieux,

Lui dire, que là gît, le trou mystérieux;

Pierril s'y précipite, en toute confiance:

Mais bien fol, qui se fie à la simple apparence !

Or, il ne vit que fleurs, à son plus grand regret,

Et ce dernier affront, lui fut, comme un soufflet !

Se voyant insulté par une telle offense,

8

Se relebo furious , bol ne tira bengenço ,

Peleou d'en pas abe proumpto satisfactiou ,

El juro dins soun cor, d'abe l' gril mort ou biou ,

E de mêmes qu'on beï , un malhurous jougaïre ,

Se capriça pel joc , sans s'abisa pas gaïre ,

Malgré l' tems que courrits , s'a tort ou be rasou ,

De boule decida lou sort en sa fabou ,

Atal , el bol lutta , countro sa destinado ,

Quoique beje arriba , la fi de la journado ,

Pey, jutchats, se Pierrou , se tendio per battut ,

El , que passo al castel , per n'estre l' pus testut :

Pietat , dounc per lou gril , que crente sa menaço ,

Car se pot l'attrapa , nou l'y fara pas graço ,

Aro que la troumpat , aro que la trahit ,

Pot recoumanda à Diou , soun amo é soun esprit !

Mais , quand caldriò beleou, qu'un paouc maï de patienço ,

Per beze courounats , sous efforts, sa coustenço ,

Pierrou, qu'es poussedat d'un esprit infernal ,

Qu'en bol à mort al gril , nou ba entend pas atal :

L'anats beze librat à touto sa coulero ,

Il devient furieux, veut en tirer vengeance,

Plutôt que de ne pas en obtenir raison,

Il jure qu'il lui faut, mort ou vif, le grillon ;

Et de même qu'on voit un joueur peu prospère,

S'entêter pour le jeu, sans s'apercevoir guère,

Malgré le temps qui fuit, s'il a raison ou tort,

D'oser, en sa faveur, intéresser le sort,

De même il veut lutter contre sa destinée,

Bien qu'il voie arriver la fin de la journée ;

Puis, jugez si Pierril se tiendrait pour battu,

Lui qu'au Castel, on dit, être le plus têtu :

Pitié, pour le grillon, qu'il craigne sa menace,

Car s'il peut le griffer, c'en est fait, pour sa grace !

Maintenant que Pierril, furieux, l'a maudit,

Qu'il recommande à Dieu son âme et son esprit !

Mais, quand peut-être, hélas ! un peu de patience

Suffirait, pour payer ses efforts, sa constance,

Pierril qui, possédé d'un funeste démon,

Veut la mort du grillon, est sourd à la raison ;

Vous l'allez voir, bouillant de rage et de colère,

Per lou desenterrà, souléba ciel é terro,

Crento de lou manqua , ressegüi tout lou prat ,

S'y faïre aoutromen dit, coumo un desesperat ; ·

En effet, sen ba , ben , tourno, escouto, regardo ,

Tautôt redoublo l' pas , é tantôt lou retardo ,

Mais , a bel alanda soun el , mitat fripoun ,

Nostre gril pus couqui derouto l'espioun ,

Tantôt repren soun cant , é tantôt l'abandouno ,

Fa , scloun que la poou s'elouegno ou lou talouno,

Anfin lou bantriloque , ambe soun cant troumpur,

Nou , fa bezé à Pierrou , que traouc toujour mentur !

Cependen , lou soulel descend darre 'n nuatche ,

Déja l'houro del souer, a tindat al bilatche ,

E mêmes lous pastous , al cap de lour troupel ,

Abertissoun Pierrou que cal quitta l' pradel ;

Mais , l'agnel tarira lou layt de dos mamelos ,

E Pierrou s'y beyra , surpres per las estelos ,

Tant , ne costo à soun cor, de dire al gril adiou ,

E de s'en retourna , sans l'abe mort ni biou!....

Pour trouver le chanteur, soulever Ciel et terre,

Crainte de le manquer, arpenter tout le pré,

S'y faire, autrement dit, comme un désespéré ;

En effet, il va, vient, se met au guet, regarde,

Accélère le pas, ou bien il le retarde ;

Mais il anime, en vain, son œil moitié fripon,

Le grillon plus rusé déroute l'espion,

Tantôt reprend son chant et tantôt l'abandonne,

Fait selon que la peur s'éloigne ou le talonne,

Enfin le ventriloque, avec son chant trompeur,

Ne fait voir à Pierril que trou toujours menteur !

Cependant le soleil s'enfuit comme un nuage,

Déjà l'heure du soir retentit au village,

Et le berger qu'on voit en tête du troupeau,

Semble avertir Pierril, qu'on l'attend au hameau :

Mais l'agneau tarira le lait de deux mamelles,

Et Pierril de Vesper verra les étincelles,

Tant il a grand regret de quitter le grillon,

Sans avoir pu, dit-il, en obtenir raison ;

El partits cependen, ambe l' regret dins l'amo,
Coumo quand on s'arranco, à l'oubjet de sa flamo,
Mais, n'es pas mens bertat, que nou perdet l'espouer,
Qu'ambe la fi del jour, é las oumbros del souer ! !

Atal l'home ayssi-bas, beï fini sa journado,
Coumo la que Pierrou passo à trabets la prado,
En se tourmentan pla, per cerca lou bounhur,
Rêbe d'un maynatchou, qu'es pas jamaï madur !

Il se retire donc , avec la mort dans l'âme,

Comme quand on s'arrache à l'objet de sa flamme ;

Il n'en est pas moins vrai, qu'il ne perdit espoir ,

Qu'avec la fin du jour et les ombres du soir !

Ainsi l'homme , ici-bas, voit finir sa journée,

Comme celle que Pierre appelle infortunée ,

En se tourmentant bien pour chercher le bonheur ,

Rêve d'enfantelet , qui , sitôt éclos, meurt ! !

LOU GOUSSET E LOU FAROU,

Le Bichon et le gros Chien de Berger.

VII.

Tout prép de moun bilatche, un biél celibatari,

    Per coumpleta soun enbentari,

    Abio goubernanto é gousset ;

Mais n'es que del dargné que s'agis tout soulet.

VII.

Tout près de mon village, un vieux célibataire,

Pour compléter son inventaire,

Avec sa gouvernante, avait un petit chien ;

Il ne s'agit ici que de notre gardien.

Un jour dounc qu'à soun habitudo,

E qu'à brido abatudo

Abio seguit soun biél, sourtit de boun matis,

Per dégourdi soun apetis ;

De la campagno besino,

Poussat per la famino,

Un gros farou,

Un fin matou,

Se glisso dins nostro choumiéro,

Fa la cour à la cousigniéro,

Que, per lou recoumpensa,

L'y dounét un os à grata ;

Mais, penden que lou rousegabo,

Lou rougagnabo,

Arribo nostre petit animal,

Boli dire l' goussetou de l'oustal,

Que, de ta léng que bey lou gros jaoupayre,

Found sur el coumo un esclayre,

L'espaouris,

L'estabouzis,

E, malgré las rebiffados

Un jour donc qu'à son habitude,

Et qu'avec promptitude,

Il suivait notre décrépit,

Sorti, de bon matin, pour gagner appétit;

De la campagne voisine,

Poussé par la famine,

Un gros mâtin,

Un rusé, fin,

Se glisse dans notre chaumière,

Fait la cour à la cuisinière,

Qui, pour le récompenser

Lui donne un os à caresser;

Mais tandis qu'il le dévorait,

Le rongeait,

Avec adresse,

Remerciant son hôtesse,

Arrive notre bichon,

Je veux dire le chien de la maison,

Qui, de si loin qu'il voit le gros cerbère,

Fond sur lui, plein de colère,

L'étourdit,

E las dens desclabelados

Del farou que fa lusi l'el,

Nostre cadel,

Sans parel,

D'un proumpt mousséc, ly fa quitta la proyo

E lou ranboyo.

N'aourio pas fayt atal, s'al loc d'éstre chez el,

Ero estat en plen camp, en faço del soulel.

L'abasourdit,

Et malgré les rebuffades,

Les dures accolades,

Et les fières bravades

Du mâtin, qui fait briller l'œil,

Notre écureuil

Fort d'être sur son seuil,

A force coups de dent, lui fait quitter la proie,

Et le renvoie.

Il n'eût point fait ainsi, le bichon sans pareil,
S'il eût livré bataille, en plein champ, au soleil.

ÉPITRE A M. M***

VIII.

Proumeti-me, M***, tu que parlos tant pla ,
D'escouta qualques mots que gaouzi t'adressa ,
N'oublides pas surtout, que quiti moun lengatge ,
Per boule fa chorus, ambe toun grand ramatge;

VIII.

Ecoute, cher M..., toi qui parles si bien,
Ecoute, avec faveur, quelques mots d'entretien,
Rappelle-toi, surtout, que traître à mon langage,
Je veux unir ma voix à ton brillant ramage ;

N'ey jamaï frequentat lou dibin Appoulloun,

Dount un de sous rayouns illumino toun froun ;

Poudrio pla paga char uno talo licenço,

Soubeni-te d'ieou, suspendi ta puissenço !

Aro qu'as entendut tout moun counfiteor,

Aoujo-ne dounc piétat, tu qu'as un ta boun cor !

As aouzit ta souben banta tas Pimpanelos,

Que t'apreni pares, en diguen que soun belos,

Tout lou mounde a boulgut un bouquet de tas flous,

L'an troubat ta poulit, el respend tant d'aoudous !

Digo-me, se te play, dins qu'uno ritcho prado

Respiros tous parfuns, qual que sio pla amagado,

Bouillo la descourbi, mais m'as désespérat,

Ey courregut pertout é n'ey pares troubat ;

Atal s'egarara, malgré sa counfienço,

Aquel que creyra pas à moun espérienço.

Parets qu'aquel pradel es tabes habitat,

Se ba saben, es graço a ta curiousitat ;

Jamais ne m'a souri le divin Apollon,

Qui répand sur ta tête un splendide rayon ;

Je pourrais bien payer une telle licence,

Songe un peu qui je suis, enchaîne ta puissance !

Et s'il t'a plu d'oüir, mon long *Confiteor* ,

Pitié pour moi, pitié, je t'en supplie encor !....

L'on a tant exalté tes fraîches *Pimprenelles* ,

Que c'est ne rien t'apprendre, en te les disant belles,

Chacun s'est enrichi d'un bouquet de tes fleurs,

Il décèle tant d'art, et puis quelles senteurs !

Dis-moi donc, je te prie, où gît cette prairie,

Si suave en parfum, toujours, toujours fleurie,

Avec ses clairs ruisseaux ? où la trouver, mon Dieu ?

Vainement j'ai porté mes regards en tout lieu,

Et malheur à celui qui plein de suffisance,

Oserait ne pas croire à mon expérience.

Mille habitants divers, s'ébattent dans ce pré,

Tu trahis les secrets de ce vallon sacré ;

Yas escoutat parla la sérp é la sernäillo,
Yas remarquat un gril é tout ço que baraillo :
Acos aqui tabes, qu'as bist un parpaillol,
Tant fier, tant muscadin, que n'es debengut fol ;
Poueto, es d'el, surtout, que tas fablos soun fiéros !

L'embitious bey soun sort dins las dos canabiéros ;

Lou pourtrét qu'as traçat d'un paoure maynatchou,
Es dous, es frescuret, coumo soun bisatchou.

La crouts ! aquel grand dramo al dénoumen sublime,
Que t'a plaçat tant naout, nous fa beze l'abîme,
Oun s'anabo jeta tout un pople égarat,
Sans la fermo rasou, de soun satche curat !

Jamaï n'oublidarey lou tendre paysatche,
Theâtre desoulant de tout aquel bilatche,
Que leban countro l'Cel pigassos é bastous,
L'infame ! l'el en foc, juro d'ascla las crouts !

Que de fois, en effet, dans le cours de ton œuvre,

J'entends dialoguer le lézard, la couleuvre,

Le grillon et le ver. Puis vient le papillon,

Tant fol, tant muscadin, qu'il en perd sa raison ;

Qui le croirait pourtant, il fait toute ta gloire !

La fable des roseaux n'est pas moins méritoire :

Quel tendre coloris, s'épand sur le portrait,

Si doux et si naïf de ton *enfantelet !*

La croix, — ce drame horrible, au dénoûment sublime,

Qui t'a grandi, Dieu sait ! nous dévoile l'abyme

Où courait se jeter tout un peuple égaré,

S'il n'eût élu, pour chef, son sage et bon curé.

Il me semble encor voir ce moëlleux paysage,

Qui frissonna d'horreur ; lorsque tout un village

S'armant contre le Ciel, pour la première fois,

L'infame ! l'œil en feu, dit : abattons les croix !...

Lou ritou marcho al cap de toute aquelo armado,
Impatiento d'agi ; fousquet pas arribado
Dins un tout pitchou camp, semenat de toumbels,
Qu'un millierat de crouts s'espandits à sous éls,
Cadun, al même temps, crey beze lous fantômes
D'un payre, d'uno mayre ou be das aoutres hommes,
Se dressa menaçants, refusa lour perdou
Se boloun pas sul cop reboundre lour furou !

Un pople entier, moun Dious, boule fayre la guerro
A tout ço de pus sant ! à la crouts del Calbero !
Mous plours an azoundat, del proufoun de moun cor,
Quand preparabo, al Christ, uno secoundo mort !

Toun esprit es pla grand ! as uno ardento flamo
Que l'esclayro toujour en embrasan toun amo :
Qui pouyra jamaï creyre à moun rabissomen
Quand saoura qu'es degut à toun amusomen ?
Remercio dounc, amic, ta mayre la naturo,
Gardo-te d'estre ingrat, estudio sa figuro

Le curé, sans frémir, voit la plèbe égarée,
Se ruant vers le crime. A peine est-elle entrée
Dans un tout petit champ, l'asile des tombeaux,
Qu'une forêt de croix apparaît aüx bourreaux ;
Aussitôt, chacun croit voir les pâles fantômes
D'un père, d'une mère, ou bien des autres hommes ,
Se lever menaçants, crier : malheur ! malheur !
Sur qui ne voudra point immoler sa fureur.

Un peuple entier, mon Dieu, vouloir livrer la guerre
A l'objet le plus saint, à la croix du calvaire !
Mes pleurs, mes tendres pleurs n'ont pas voulu tarir ,
Quand le Christ, de nouveau, s'apprêtait à mourir ! !

Dieu ! quel esprit profond ! ô la sublime flamme,
Qui l'éclaire sans cesse, en réchauffant ton âme,
Pourra-t-on jamais croire à mon ravissement,
Puisque tu l'as fait naître en jouant, badinant ?
Aime donc, cher M..., ta mère la nature,
Garde-toi d'être ingrat, médite sa figure,

E saras toujour pur, bariat é noubel,

Coumo soun tous tableoüs que nous embescoun l'el.

Oh ! tas fablos, surtout, saran souben citados,

Elos biouran lountems, parce que soun pensados ;

Toun genre t'apparten, es tu que l'as creat,

Lou que lou brigara, nou pot estre qu'un fat !

Et tu seras, crois-moi, toujours pur et nouveau,

Comme l'est pour mon œil ton ravissant pinceau !

Oh ! tes fables surtout, seront souvent prônées,

Elles résisteront au torrent des années ;

Ton genre t'appartient, tu nous l'as révélé,

Prétendre à t'égaler, c'est être écervelé !

LOU POULETOU,

LE POUSSIN.

IX.

A cado sazou, à cad' atche,

Cal ço que coumben, ço que play,

Re de may,

E n'es pas tant qu'on es maynatche

Que l'on deou s'ouccupa del futur maridatche;

IX.

A chaque saison, à chaque âge,

Il faut ce qui plaît, qui convient

  Et plus rien,

Et, tandis que l'on est encor dans le bas âge,

On ne doit point penser au futur mariage ;

Per prouba la bountat d'uno talo litsou,

Que bous counte lou sort d'un paoure pouletou :

Un jour qu'uno fermièro,

Touto rabido, touto fièro

De sa fourmillèro

De pouletous,

Lour cridabo : Picoutous, picoutous,

Sul cop, à la filo,

Touto la famillo,

Dount cadun babillo,

Quitto de grata

Per beni manja,

E la menatchèro,

De plus en plus fièro,

D'uno ma laougero,

Jeto mil menut,

Per que poulet sio leou bengut ;

Or, lou plus jouen, noubel nascut,

Que s'afano, s'afano,

Coumo un boulur que pano,

Pour goûter ma morale, apprenez donc la fin

D'un malheureux poussin :

Un jour qu'une fermière,

Toute joyeuse, toute fière

De sa fourmilière

De poussins,

Leur criait : *Picotins, picotins, picotins,*

Aussitôt à la file,

Toute la famille

Dont chacun babille,

Cesse de gratter,

Pour venir se réconforter,

Et la ménagère,

De plus en plus fière,

D'une main légère,

Jette grain menu

Pour que poulet soit tôt venu;

Mais, tandis que le plus jeune,

Pour qui dur est le jeûne,

Plein d'appétit,

A piqua ta bouno grano,

Per soun malhur, rencountro un gros gru de bel mil,

Que l'y tampo, cop sec, la garganto

Per oun canto,

E pey adiou caquet, adiou babil!

E la menatchero touto chagrino,

Aco se debino,

Bol fa la medecino,

Mais abel fa jouga sous dits,

Lou pouletou n'a plus de crits.

Nani, tout ço que pot engouffra la baleno,

N'a jamay coumbengut as peïsses de la Seno.

Sans contredit,

Vite, comme un voleur qui vole,

Pique, pique le grain dont il raffole,

Notre gourmet

Rencontra, par malheur, un gros grain de millet

Qui dans la gorge s'arrête,

Comme une arête;

Adieu donc son babil, adieu donc son caquet !

Et la ménagère toute chagrine,

Cela se devine,

Veut appliquer la médecine,

Mais elle a beau faire jouer ses doigts,

Notre poussin n'a plus de voix.

Non, non, tout ce qu'engouffre, avale la baleine,

Ne peut pas convenir aux poissons de la Seine.

COMPLIMENT

FAIT

UN PREMIER JOUR DE L'AN,

A la prière du garçon de mon barbier.

X.

Nou soun pas fier, m'en poudets creyre,
Legissets-me, ba pouïrets beyre,
Se mous cizeous é moun razou
M'an meritat bostro fabou,

X.

Peu me suffit, sur ma parole,

Lisez, vous connaîtrez le drôle :

Si mes ciseaux et mon rasoir

M'ont valu votre bon vouloir,

Sans doute, que lour lamo fino
Bous a pl'arrengadet la mino,
Qu'alloc de bous estroupia,
Bous pounchut coumo un acacia,
Bous a fayt la barbo laougèro,
De touto rascagnouso qu'èro,
Pey, douceto coumo bélour,
Bous a balgut poutou d'amour,
Car, souben, n'abets fayt l'estreno
A qualco belo, may sans peno,
Aboue me la cal, *s'il vous plaît,*
Quoique nou sio qu'un f..... lait;
May, nanguets pas fa la grimaço,
Que me la cal de bouno graço,
Aoutromen, per pla passa l'an,
Bous sinni pas lou passaban.

Sans doute que leur lame fine

Vous a rafraîchi votre mine,

En tout semblable à l'acacia,

Quand ma main la barbifia; .

Sans doute qu'une fois légère,

N'ayant plus l'air d'une mégère,

Et doucette comme velour,

Vous mérita baiser d'amour,

Car souvent à titre d'étrenne,

Quelque belle l'obtint sans peine,

C'est mon tour à moi, s'il vous plaît,

Bien que ne sois qu'un f.... laid;

Et qui plus est, point de grimace,

Il me la faut, de bonne grâce,

Autrement pour bien passer l'an,

Vous n'aurez point de passavant !

CONTE.

LOU GAT, LOU BRÈS,

É LA DROULLETTO.

Le Chat, le Berceau et la Petite Fille.

A MA LAURE.

Jouts soun noum beritable, yeou canti ma droulletto,
Que mato le renoum de tout aoutro beoutat,
Coumo le liri blanc pares de tout coustat,
Pardessus le muguet é la mamoy neneto.

GOUDELIN.

Je n'ai pas cru devoir essayer la traduction en vers d'une pièce qui s'y refuse d'une manière absolue, par le trop grand nombre de petits vers qu'elle renferme. Je me suis donc borné à la traduire littéralement, mot pour mot, afin de ne pas laisser tout-à-fait inachevée la tâche que je me suis imposée vis-à-vis de mes souscripteurs. Mais au surplus, je ne suis point fâché d'un tel contre-temps, puisqu'il mettra mes lecteurs à même de juger de la difficulté qu'il y a, à traduire en vers français, un idiome ingrat s'il en fut jamais, pour cette sorte de traduction.

XI.

Dous jouenis maridats, encaro fort noubicis,
Abion un petit gat que fasio lours délicis,
May lour abio panat un bricounet d'amour,
Tant sabio gentîment fa pato dé þélour !

XI.

Deux jeunes mariés, encore fort novices,
Avaient un petit chat qui fesait leurs délices,
Même il leur avait volé un tant soit peu d'amour,
Tant il savait gentîment faire patte de velours !

Tapla qu'èro poulit ; sa fourruro d'hermino

D'un président de cour l'y dounabo la mino ;

Dé mirgos é dé rats, fasio sa coulaciou,

Tabés dins lou païs èro uno admiraciou :

Mais, tout qu'al qu'ayssi-bas finisque de boun houro,

Sé l'on rits un moumen, lou lendouma l'on plouro ;

Or, nostré petit gat, al coumblé del bounhur,

Pensabo pas jamay bézé soun cel escur ;

El caressabo dounc ta rizento espérenço,

Quand, sur un leyt pla dur, al miet de la souffrenço,

La damo dé l'oustal benguet douna lou jour

       A n'un petit amour,

Qué, per lou prumiè cop, parésquet en droulletto.

Cupidoun es malin ! sans cessa d'estré angéto,

Nostro poulido drollo, al loc d'abé un arquet,

       Coumo lou Diou nenet,

       Qu'adoroun en Cythero,

       A coustat de sa mèro,

       Abio dous souleillets

         Per eillets,

         Pla d'amouretos

Aussi bien il était joli, sa fourrure d'hermine

D'un président de cour lui donnait la mine ;

De souris et de rats il fesait sa collation,

Aussi dans le pays était-il en admiration !

Mais il faut qu'ici-bas tout finisse de bonne heure,

Si l'on rit un moment, le lendemain l'on pleure ;

Or, notre petit chat, au comble du bonheur,

Ne croyait jamais voir son ciel obscur,

Il se repaissait donc d'une aussi riante espérance,

Quand sur un lit très-dur, au milieu de la souffrance,

La dame du logis s'en vint donner le jour

      A un petit amour,

Qui, pour la première fois parut en petite fille.

Cupidon est malin ! sans cesser d'être ange,

Notre jolie fillette, au lieu d'avoir un arc,

      Comme le Dieu enfant,

      Qu'on adore en Cythère,

      A côté de sa mère,

      Avait deux petits soleils

        Pour yeux,

Une foule d'amours

Per aletos,

Car tout soun bisatchou

N'èro pas qu'un poutou,

E sa bouqueto

Bermeilleto,

Qu'un broutou

De flou :

Certo, ta belo miniaturo,

De toutis la bésiaduro,

N'abio pas nat besoun dé touto sa beoutat,

Per brisa sans rétour lou pèdestal del gat.

Cependen, lou minet, graço à sa gentillesso,

Encaro qualque temps counserbet la tendresso

Del mestré de l'oustal,

Sans quel'paoure animal,

Se sentisquesse trop d'aquelo préférenço,

Qu'an dounat dé tout tems lou reng è la naïssenço :

Mais soun astré palliguet

Tout-à-fait,

Quand nostro poutounéto,

Un bricou may faytéto,

Pour ailes,

Car tout son visage

N'était qu'un baiser,

Et sa bouche

Vermeille,

Qu'un bouton

De fleur :

Certes, tant belle miniature,

Pour tous délicieuse,

N'avait nul besoin de sa beauté,

Pour briser à jamais le piédestal du chat;

Cependant, le minet, grâce à sa gentillesse,

Encore quelque temps, conserva la tendresse

Du maître du logis,

Sans que notre pauvre animal

Se ressentit beaucoup de cette préférence,

Qu'ont donné de tout tems le rang et la naissance :

Mais son astre pâlit,

Tout-à-fait,

Lorsque notre mignonne

Un tant soit peu plus faite,

11

Encadénèt de sous brassous,

Soun papa tout glourious,

E qué lous jocs, lous ris, ensemblé ambé la gracio,

Coumo aoutant d'aouselous escapats de lour nits,

A peino espelférits,

Bengueroun boulteja, fadéja sur sa facio

E randré soun pourtrèt,

Parfèt ;

Oh ! despoy, tout fousquet per la poulido Loro,

Elo aoujet sous aoutas, coumo ço qu'on adoro,

Tandis qué lou gat soul, à sa grando doulou,

Nou rancountret pertout qué rébuts é frédou.

Labets embalaouzit d'uno talo disgracio,

El se crey criminel é ben demanda gracio,

Mais a bel fa lou souple, a bel fa lou calin,

Al bout de tout aco, retroubo soun chagrin,

Car tout soun sabe fa, sous tours, sa gentillesso,

Nou podoun pus charma ni mestre ni mestresso ;

Elis an adressat aillurs lour affectiou,

E lou gat, à lours els, n'es pas may qu'un arpiou,

Que cal tene en respect é cregne coumo un diable,

Enchaîna de ses bras,

Son père tout glorieux,

Et que les jeux, les ris, ensemble avec la grace,

Comme autant d'oiselets, échappés de leurs nids,

A peine éclos,

S'en vinrent voleter, folâtrer sur sa face,

Et rendre son portrait

Parfait !

Oh ! depuis, tout fut pour la charmante Laure,

Elle eut ses autels, comme ce qu'on adore,

Tandis que le chat, seul, à son grand regret,

Ne rencontra partout que rebuts et froideurs ;

Alors, tout étourdi d'une telle disgrace,

Il se croit criminel et vient demander grace,

Mais il a beau faire le souple, beau faire le calin,

Au bout de tout cela, il retrouve son chagrin,

Car tout son savoir-faire, ses tours, sa gentillesse,

Ne peuvent plus charmer ni maître, ni maîtresse,

Ils ont adressé ailleurs leur affection,

Et le chat à leurs yeux n'est plus qu'une harpie,

Qu'il faut tenir en respect et craindre comme un diable,

Per que d'innoucent qu'es, débengo pas coupable,

Car tout lou mounde sap, siosque dit en passan,

Qu'un gat és à fugi, quand on a qualque éfan ;

Quand lou nostre bejet que toutos sas jouïnos,

Al loc d'y randre flous, nou l'y randion qu'espinos,

Que coumprenguet anfin que n'èro pus aymat,

Penset ne béni fat ;

Mais, en qualqu'un qu'a pas perdut touto espérenço,

El boulguet saoupré qui, l'y fasio councurrenço,

Coummo s'èro permés, dins aquesto ouccasiou,

De se fayre illusiou ;

Car anfin, cado jour, altour dé la droulletto,

Besio-be, lou paourot, tourbillouna las gens,

Coumo, altour del soulel, tournejo l'esteleto,

E coum' el, Loro fa la plejo ou lou bel tems ;

Bejo-be, lou paourot, coumo's aousels dins l'aïre,

Qu'embescoun ta souben lous brillants miraillets

D'un perfide aouzelaïre,

Tout lou mounde béni per beze sous eillets ;

Mais res de tout aco nou l'y pourtabo oumbratché,

Car se crezio, moussu, lou phénix dé nostr' atché;

Pour que, d'innocent, il ne devienne pas coupable,

Car tout le monde sait (soit dit en passant),

Qu'un chat est à fuir quand on a quelqu'enfant ;

Lorsque le nôtre vit que toutes ses caresses

Au lieu de se changer en fleurs, se changeaient en épines,

Qu'il comprit enfin, qu'il n'était plus chéri,

     Il faillit en devenir fou ;

Mais, en quelqu'un qui n'a point perdu toute espérance,

Il voulut savoir qui lui fesait concurrence,

Comme s'il était permis, en cette occasion,

     De se faire illusion !

Car enfin, chaque jour, autour de la fillette,

Il voyait bien, le pauvret, tourbillonner les gens,

Comme autour du soleil, tournoie l'étoile,

Et comme lui, Laure, faire la pluie ou le beau temps ;

Il voyait bien, le pauvret, comme les oiseaux dans l'air

Que fascinent si souvent, les brillants miroirs

     D'un perfide oiseleur,

Tout le monde venir pour voir ses yeux :

Mais rien de tout cela ne lui portait ombrage,

Car, Monsieur se croyait le phénix de notre âge ;

Certo , ta grand abuclomen ,

N'èro pas fayt , sigur , per gari soun tourmen !

Tabés , may qué jamay , l'esprit y fourmiguejo,

Sans descourbi, qui pot, abe pourtàt embéjo

A soun bounhur passat , abe entrumic soun cel :

   A forço cependen de se cruza l' cerbel ,

El se rappelo , anfin , y ben en soubenenço,

Que despey qualque tems , que despey la naïssenço,

L'y tenoun de clabats certens appartomens,

Ount anabo jadis coulca soun passo-tems :

Penden qu'aquel pensa l'y capigno la closco ,

Que soul , dins un cantou , coum' un béritable ours ,

Accuso sous malhurs d'abé dépassat l'osco ,

Tout d'un cop , on enten parti de jouénis plours ;

Aoutaléou aouriots bist tout nostre mounde en l'ayre ,

   Parti coumo un esclayre ,

   Courre dret à l'appartomen ,

Ount lou gat nou pot pus dintra que traytomen :

Estounat é surprès d'uno ta brusquo fuito ,

Sans préné lour counsel , el se met à lour suito ;

   Lous seguits pas à pas,

Certes, si grand aveuglement

N'était pas fait, bien sûr, pour guérir son tourment;

Aussi, plus que jamais, son esprit lui démange,

Sans découvrir qui peut avoir porté envie

A son bonheur passé, avoir obscurci son ciel;

A force cependant de se creuser le cerveau,

Il se rappelle enfin, il lui vient en souvenance

Que depuis quelque temps, que depuis la naissance

On lui tient fermés certains appartements

Où il allait jadis coucher son passe-temps....

Pendant que ces pensers lui tiraillent la tête,

Que seul dans un coin, comme un véritable ours,

Il accuse ses malheurs d'avoir dépassé l'osche,

Tout-à-coup, on entend éclater de jeunes pleurs:

Aussitôt l'on eût vu tout notre monde en l'air,

　　　Partir comme un éclair,

　　　Voler droit à l'appartement

Où le chat ne peut plus entrer que traîtreusement;

Etonné et surpris d'une aussi brusque fuite,

Sans prendre leur conseil, il se met à leur suite,

　　　Les suit pas à pas,

Ambé pla d'attenciou que se rébiren pas :

A péno dins la crambo,

Qu'amagat dins un couen, oun soun él brillo é flambo,

Beï soun mounde entouran un bres qué l'éblouits

A forço qué luzits ;

Sa formo, qué parés trabets la moussoulino

La pus claro, la pus fino,

Qué l'emblanquits coumo la neou,

Resemblo à n'un bateou ;

Toutos las flous dé la pradario

Y soun placados en broudario,

E sas franjos d'or

Gratilloun talomen lou cor,

Qu'on creïo qué l'an fayt esprés per uno idolo,

S'on nou béjo à coustat la grosso bressayrolo.

N'èro pas estounan qué fousquessé ta bel,

E qu'én lou régardan fasquessé pensa al cel,

Un jour, uno noubiéto,

Réban uno angéto,

L'abio courounat

Dé sa courouno dé bierjéto.

Fesant en sorte qu'on ne se retourne pas ;

A peine dans la chambre,

Que, caché dans un coin, où son œil brille et flamboic,

Il voit son monde entourant un berceau qui l'éblouit,

A force qu'il luit,

Sa forme qui paraît, à travers la mousseline,

La plus claire, la plus fine,

Qui le fait blanc comme la neige :

Ressemble à un bateau :

Toutes les fleurs de la prairie

Y sont plaquées en broderie,

Et ses franges d'or

Chatouillent tellement le cœur,

Qu'on croirait qu'on l'a fait exprès pour une idole,

Si l'on ne voyait à côté la grosse berceuse.

Ce n'était pas étonnant qu'il fût si beau,

Et qu'en le regardant, il fît penser au ciel :

Un jour, une nouvelle mariée

Rêvant un ange,

L'avait couronné

De sa couronne de vierge ;

Mais, penden qué, rabits, lous els dé nostré gat

En miran de caousos ta belos,

L'y fan mimarelos,

Tout d'un cop, près d'un grand elan

Cadun s'en ba prouphetizan,

Sur l'abeni de la pitchouno,

Qu'après abé plourat, fredouno :

L'un, la bey dins soun bres, à trabets soun matis,

S'announça coumo lou bel lys,

Que se rebeillo rey de l'empiro de Floro,

Atal, sur la beoutat, deou un jour regna Loro !

L'aoutre, trabets aquel regar ta biou,

Crey beze la facio de Diou,

Tabes l'y douno tout per playre,

E dits, en acaban de la pertrayre :

Que se jamay sous els podoun abe setze ans,

Brillaran è fendran coumo de diamans.

A lous aouzi tira ta brillanto horoscopo,

Qu'à soun aïse cadun arrengo, débeloppo,

Bous semblo pas beze déjà,

La belo Loro égala,

Mais, pendant que ravis, les yeux de notre chat,

  En contemplant des choses si belles,

    Sont éblouis;

  Tout-à-coup, pris d'un grand élan,

  Chacun s'en va, prophétisant

    Sur l'avenir de la petite,

  Qui, après avoir pleuré, fredonne :

L'un la voit dans son berceau, à travers son matin,

  S'annoncer comme le beau lys,

Qui se réveille roi de l'empire de Flore,

Ainsi sur la beauté doit un jour régner Laure!

  Et l'autre, étonné d'un regard si vif,

  Croit voir la face de Dieu;

  Aussi lui donne-t-il tout pour plaire,

Et dit, en achevant de faire son portrait,

Que si jamais ses yeux peuvent avoir seize ans,

Ils brilleront et fendront comme des diamans;

  A les ouïr dire si brillant horoscope,

Qu'à son gré chacun arrange, développe,

    Ne vous semble-t-il pas voir déjà

    La belle Laure, égaler,

Surpassa,

Lou port, la taillo, la noublesso

D'uno déesso ?

En attenden, pourtan, la bressayrolo bresso.

Cependen es bengut lou moumen de sourti,

Per la daïssa dourmi;

Mais aban, nou soun que minetos,

Fayssounetos,

Paraouletos,

Amouretos,

Que fan, de nostre bres, un nizal de poutous :

Coussi ! n'ero pas prou, se dits lou gat jalous,

D'abé escoutat las milanto merbeillos

Qu'an débitat à mas aoureillos,

Cale encaro entendre poutouneja,

Calineja,

Qui nou sap qué ploura !...

Aco pot pas dintra dins soun intelligenço,

Que bol pas que digus posque estre préférat,

A n'el gat,

E se Loro a la préférenço,

Surpasser,

Le port, la taille, la noblesse

D'une déesse ?

En attendant, la berceuse berce.

Cependant, est venu le moment de sortir,

Pour la laisser dormir,

Mais avant, ce ne sont que minauderies,

Cajoleries,

Douces paroles,

Amourettes,

Qui font de son berceau, un nid de baisers ;

« Comment, ce n'était pas assez, se dit le chat jaloux,

» D'avoir entendu les mille merveilles

» Que l'on a débitées à mes oreilles,

» Falloir encore entendre baiser

» Cajoler,

» Qui ne sait que pleurer !.... »

Ce ne peut point entrer dans son intelligence,

Qui ne veut que personne puisse être préféré

A lui, chat :

Et si Laure a la préférence,

Oh ! sans doute qu'es graço al charme, à la puissenço

D'el brès

Qu'y fa tout bezé dé trabes.

Aro dounc, qu'à sa manièro,

Crey beze clar dins sa tanièro,

E' perqu'es graço al bres, que Loro a las fabous

Que l'an randut jalous,

Coussi nou bendrio pas, d'uno escapado,

Se mettre à la plaço dé la maynado,

A soun tour, seloun el,

Se beïo coumparat, pel mens, à n'un soulel;

El se retiro dounc, ambe aquelo pensado.

Lou lendouma,

Sans may tarda,

Penden qué nostro bouno èro à la prouménado,

Ambé la maynado,

Après abé daïssat la crambéto alandado,

Nostré gat, ou puleou nostré arpiou,

Proufitan del moument, qu'y fan pas attentiou,

S'en ba, coumo qualqu'un qué pano,

Ou qué douçomentét camino sur de lano;

Oh ! sans doute que c'est grace au charme, à la puissance

D'un berceau

Qui lui fait voir tout de travers.

Maintenant donc, qu'à sa façon,

Il croit voir clair, de son réduit,

Et puisque c'est graces au berceau que Laure a les faveurs

Qui l'ont rendu jaloux,

Pourquoi ne viendrait-il pas, par une échappée,

Se mettre à la place de la pouponne?

A son tour, selon lui,

Il se verrait comparé, pour le moins, à un soleil;

Il se retire donc, avec cette pensée.

Le lendemain,

Sans plus tarder,

Tandis que notre bonne était à se promener

Avec notre fillette,

Après avoir laissé la chambre ouverte,

Notre chat ou plutôt notre harpie,

Profitant de l'instant qu'on n'y prend pas garde,

S'en va, comme quelqu'un qui vole,

Ou qui, bien doucement, chemine sur de la laine,

E sé glisso furtibomen,

Dins lou susdit appartomen :

N'és pas taleou dins la crambéto,

Que sans bésoun d'escaléto ,

Sé trobo dins lou bres, soun uniquo embéjéto ;

Aqui , fièrot , d'el è dé cor,

Sé met à fa dé rèbés d'or.

Mais, penden qué s'y pabanabo ,

Qué s'y carrabo ,

Coumo un pacha ,

Qu'attend qu'on bengo l'adoura ,

La bressayrolo rintro, ambé la bèlo Armido ,

Sur soun bras endourmido ,

Court bité bers lou bres , qué trobo embarrassat ,

De sa majestat ,

Lou Gat !

Estounado de tant d'aoudaço :

« Qui t'a permés, l'y dits , dé pana aquello plaço ?

» Atten, atten , atten , bilen usurpatur,

» Yeou té baou fa paga lou mestié de boulur ; »

E pren un martinet, penjat darrè la porto ,

Et se glisse furtivement

Dans le susdit appartement ;

Il n'est pas sitôt dans la chambre

Que, sans le secours d'une échelle,

Il se trouve dans le berceau, son unique envie,

Là, charmé d'œil et de cœur,

Il se met à faire des rêves d'or ;

Mais pendant qu'il s'y pavanait,

Qu'il s'y carrait,

Comme un pacha,

Qui attend qu'on vienne l'adorer ;

La berceuse rentre, avec la belle Armide,

Sur son bras endormie,

Court vite au berceau qu'elle trouve embarrassé

De sa majesté,

Le chat !

Etonnée de tant d'audace :

« Qui t'a permis, lui dit-elle, de voler cette place ?

» Attends, attends, vilain usurpateur,

» Je vais te faire payer ton métier de voleur ; »

Elle prend un martinet, suspendu derrière la porte,

12

Pey, flisc, flasc, flesc sul gat, per l'y serbi d'escorto,

E nostre gat ountous, fouétat dinquios al sang,

Fouïnet en buffan.

Quantis, al jour dé bey, caldrio dé cops dé fouets,

Mais aoutromen cinglats qué's cops dé martinets,

Sé l'on bouillo cassa la scarioto raço

De touts lous turlupins qu'an usurpat lour plaço!

Puis, à coups redoublés, sur le chat, pour lui servir d'escorte,

Et notre chat honteux, fouetté jusques au sang,

S'enfuit en soufflant !

Combien, aujourd'hui, faudrait-il de coups de fouets,

Mais autrement sanglés, que les coups de martinets,

Si l'on voulait chasser la traîtreuse race

De tous les turlupins, qui ont usurpé leur place ! !

ROMANCE

A MA BÉATRIX.

Le marbre de Paros lui disputerait vainement son albâtre, car elle est blanche comme
le lait qu'elle puise au sein de sa nourrice.

(*Paroles de l'auteur.*)

XII.

S'an troubat Loro, ma prumiero,
Touto de foc, espieclo, fiero ;
Que diran dounc de Beatrix,
Touto douçou, soun noum ba dits ?
May que n'a pas besoun de gazo,
Ni d'un boun mot, ni d'uno phraso,

XII.

Si l'on voit Laure, ma première,
Toute de flamme, espiègle, fière,
De Beatrix que dira-t-on,
Toute douceur, comme son nom?
Elle n'a nul besoin de gaze,
Ni d'un bon mot, ni d'une phrase,

Elo nou bol que la bertat,

Per fa ressourti sa beoutat !

E se ma Loro, ma prumiero,

Fa diamenta sa poupiero,

    Ma Beatrix ,

    Aoutre phenix ,

    Bierjo prou belo

    Per la capelo ,

    A sous els blus ,

    Que jamay plus !

Gaytat-lo-me, blanco, douceto ,

La beoutat de moun agneleto ,

Ah ! quand dourmis, qu'in soumeil pur !

Sans doute que bey lou Segnur !

Apey, quand l'anjo se rebeillo,

Que, sur las alos d'uno abeillo,

Descen bers nous, soun loung regar

Porto dins l'amo lou nectar !

E se ma loro, ma prumiero, etc.

Pour elle , c'est la vérité,

Qui fait resplendir sa beauté!

Et si ma Laure , ma première ,

Nous éblouit , par sa paupière ,

    Ma Beatrix ,

    Autre phénix ,

    Vierge assez belle ,

    Pour la chapelle ,

    A ses yeux bleus ,

    Couleur des cieux.

Voyez-la donc , blanche , doucette ,

La beauté de mon *agnelette* ,

Quand elle dort , quel sommeil pur !

Elle voit Dieu , son ciel d'azur ,

Et puis , quand l'ange se réveille ,

Que , sur les ailes d'une abeille ,

Il apparaît ; son long regard

Porte dans l'âme le nectar !

Et si ma Laure , ma première , etc.

Creyriots beleou que per sa facio,
Ma Beatrix demando gracio ?
Regaytat-lou soun frount rouyal,
Pey, me direts s'a soun égal !
E se tapla, sur cado fillo,
Quicon de gran, resplandits, brillo,
Oh ! c'est qu'à trabets un loung riou,
La mero ten soun sang d'un diou !
E se ma Loro, ma prumiero, etc.

Se podoun estre un jour grandetos,
A toutis faran embejetos,
E cadun se disputara
Lou plaze de las regarda,
Car se, déjà, Loro fascino,
Che l'aoutro, lou cel se debino ;
Caduno anfin, per soun esclat,
Aoura lou prets de la beoutat !
E se ma Loro, ma prumiero, etc.

Vous croiriez donc que pour sa face,

Ma Beatrix demande grace ?

Regardez-le son front royal,

Puis, vous direz s'il a d'égal ?

Aussi bien, si, sur chaque fille,

La noblesse resplendit, brille,

Oh ! c'est que grace à ses aïeux,

La mère tient son sang des dieux !

Et si ma Laure, ma première, etc.

Pourvu que Dieu leur prête vie,

A tous elles feront envie,

Et chacun de se disputer

Le plaisir de les exalter ;

Car, si déjà Laure fascine,

Chez l'autre, le Ciel se devine,

Chacune enfin, de son côté,

Aura le prix de la beauté !

Et si ma Laure, ma première, etc.

Mais , doun ben que ma pouesio

Surpasso touto l'ambrousio ,

Que serbission as anciens dious,

Coumo s'eroun estadis bious ?

Ah ! c'est que trobi , dins moun amo ,

Quicon d'aquelo douço flamo ,

Qu'esclayro l'paradis , lou cel ,

De ma Beatrix, moun angel !

E se ma Loro, ma prumiero ,

Fa diamenta sa poupiero ,

  Ma Beatrix,

  Aoutre phenix ,

  Bierjo prou belo

  Per la capelo,

  A sous els blus,

  Que jamay plus !

Mais d'où vient que ma poésie,

Surpasse toute l'ambroisie

Que l'on servait aux anciens dieux,

Qui n'eurent jamais feu ni lieux?

Ah! c'est que je vois dans mon âme,

Une lueur de cette flamme,

Qui brille au Ciel, au paradis,

De mon ange, ma Beatrix!

Et si ma Laure, ma première,

Nous éblouit, par sa paupière,

    Ma Beatrix,

    Autre phénix,

    Vierge assez belle,

    Pour la chapelle,

    A ses yeux bleus,

    Couleur des cieux.

MES

QUELQUES POÉSIES FRANÇAISES.

ODE

Au Génie Poétique.

————◦❀◦————

> Glorieuse et touchante destinée des poètes,
> de prêter leur voix à tous les bonheurs et à
> toutes les infortunes de la vie ! Comme si au-
> cune félicité ou aucune misère n'était com-
> plète, à moins d'avoir été exprimée dans cette
> langue de l'immortalité !
>
> LAMARTINE

Le génie, art de Dieu, force, puissance, éclair,
Autrement lumineux, autrement plus rapide
Que celui qui parcourt l'immensité de l'air,
Aux mortels égarés, apparut tel qu'un guide !

De tout temps, il marcha, devant l'esprit humain,
Répandant sur sa route une clarté divine,
Comme un dieu bienfaisant, il lui tendit la main,
Car il ne put jamais cacher son origine :

13

Pas même dans ces jours, où l'astre fécondant,
Etonné de se voir pris, seul, pour la lumière,
Surprit l'homme, oublier que son disque éclatant
N'était, du vrai soleil, que l'image grossière ;

Même il jetait encor des reflets immortels,
Lorsque tout, homme, chose, excepté l'Être unique,
Avait, chez les humains, de superbes autels ;
Ainsi, dans le lointain, paraît le monde antique !

Oui, malgré ses erreurs et malgré ses faux dieux,
C'était lui, que la Grèce adorait dans Homère,
Quand son souffle divin, passant sur ses ayeux,
Il ranimait soudain leur sublime poussière !

C'est lui, qui respirait dans l'ouvrage des arts,
C'est lui, qui soutenait l'ardente pythonisse,
Lorsque sur son trépied, le feu dans les regards,
Elle dictait, du sort, le tortueux caprice !

C'est en vain, que, jaloux d'occuper l'avenir,
Ce mortel enivré d'une audace profane,
Pour vivre, résolut de le faire mourir
En brûlant, de sa main, le temple de Diane :

Mais, déjà le génie avait pris son essor,
Abandonnant un lieu, muet comme la cendre,
Il s'envolait ailleurs, car il vivait encor,
Tel Ilion brûlé survécut à Cassandre !

Des Troyens fugitifs, il suivit les débris,
S'en allant se fixer, comme eux, dans l'Ausonie,
Et là, tout fier de voir les destins accomplis,
Il ne regretta plus aucune autre patrie !

Eh ! quelle autre patrie, après tous les revers
Qui pesèrent long-temps sur la brillante Athènes,
Pouvait mieux convenir au roi de l'univers,
Que celle qui devait en diriger les rênes ?

Rome, réjouis-toi, d'accueillir dans ton sein,
Cet envoyé du ciel, qui prendra, sous son aile,
Le cygne de Mantoue, hôte vraiment divin,
Qui te voyant, dira : Sois la ville éternelle !

Il ne t'a point menti, ce poète inspiré,
S'il t'a fait, pour jamais, d'Athènes la rivale,
Mais c'est que, dans son cœur, brûlait le feu sacré,
Qu'entretenait, vivant, la pudique vestale !

Et si, sur le tombeau de son héros guerrier,
La Grèce put inscrire Homère et son Achille ;
Rome fait voir, encor, le fertile laurier
Qui dit au pèlerin : qu'Auguste eut son Virgile !

Mais, les temps accomplis, quand le soleil mortel
Fut remplacé, soudain, par le soleil des âmes,
Que de l'esprit d'en haut, le rayon immortel
Illumina nos cœurs de ses célestes flammes :

Quand le ciel prit pitié des fragiles humains,
Fatigué qu'il était, de leur mille hécatombes,
Que le Verbe fait chair, que les mystères saints
Sortirent, triomphants, des sombres catacombes !

Ce ne fut plus, alors, le bizarre destin
Qui dicta si souvent d'équivoques oracles,
Mais, ce fut la foi ferme, au bouclier d'airain,
Qui, depuis, engendra d'innombrables miracles :

Car, tombèrent bientôt les idoles de bois,
Devant qui se baissait, ô honte ! le génie;
Le Christ, en se laissant clouer sur une croix,
Le releva soudain de tant d'ignominie !

Et puis l'on vit encor, les superbes Césars,
Glorieux et jaloux d'inaugurer cette ère,
Graver en lettres d'or, sur leurs fiers étendards :
Miracles dans les cieux, miracles sur la terre !

Oui, miracles partout, miracles dans les arts,
Miracles en héros, miracle en poésie;
Car, la foi dirigeait les sublimes regards
Des poètes divins, héritiers d'Isaïe :

Et le dieu de Jacob, et le Dieu d'Israël,
Voulant sceller du Christ, la vivante mémoire,
Enfanta Michel-Ange et le beau Raphaël,
Autour desquels tournoie une incessante gloire !

Ainsi vivront tous ceux qui, remplis du vrai Dieu,
Marcheront, triomphants, sur cette double trace;
Ainsi retentiront d'âge en âge, en tout lieu,
Les noms perpétuels de Milton et du Tasse ! ! !

ÉLÉGIE

A Mlle CAMILLE DE L***

Ch' i' t'ami, e t'ami più della mia vita.

Je te vois, je t'entends, quoique loin de la ville,
Où naquit mon amour pour toi, blanche Camille,
Je vois ta grace pure et ta douce candeur,
Je vois de ton regard la rêveuse langueur ;
Lorsque je pense à toi, j'ai mon âme remplie
D'un sentiment de joie et de mélancolie,
Je me perds, je m'égare, hélas !... et ta beauté
Est à la fois pour moi, mystère et vérité !
Ton âme grande et belle inonde ton visage,
Le remplit de clartés et jamais de nuage :
Toujours vivent en toi l'espérance et l'amour,
Ces deux ailes du cœur t'emportent tour-à-tour !....

Tout m'entraîne vers toi, tout vers toi me rappelle,
Pour toi, je ne crains pas une absence cruelle ;

Je te vois, dans les prés, fouler le vert gazon,
Ou t'asseoir solitaire, à l'ombre du vallon :
Là, tu te plais, heureuse, au milieu du silence,
Et vers les cieux, souvent, ta belle âme s'élance ;
Semblable, en ton extase, à ce marbre divin,
Que Puget sut, jadis, animer de sa main,
Sa pudeur sur ton front se réflète et respire,
Tu souris bien souvent, de son vague sourire,
Et dans tes yeux, je crois, reconnaître ses yeux,
Surtout quand ton regard est tourné vers les cieux !...
Je te vois, je t'entends, quoique loin de la ville
Où naquit mon amour pour toi, blanche Camille.

HYMNE

À L'INSPIRATION,

DÉDIÉ

A M. LOUIS DEFFÈS,

Elève du Conservatoire de Paris.

Deus, ecce Deus.

VIRG.

Voyez-vous ce regard

Dont l'ardente prunelle,

Au seul souffle de l'art,

Brille, brille, étincelle?

Ah! si son cœur a tressailli,

S'il a senti bondir son âme,

C'est que sur elle a rejailli

D'en haut, l'éclair, le feu, la flamme!

Le voilà donc tout plein

Du dieu de la prêtresse,

Du dieu qui met au sein

La frénétique ivresse;

Et puis, debout sur son trépied,
Le voilà qu'il rend ses oracles,
Tandis que le monde à ses pied,
Est attentif à ses miracles !

Tour-à-tour, flamme, éclair,
Torrent, foudre, tempête,
Monde, ciel, terre, mer,
Tout cède à sa conquête :
Enfin, toujours, toujours puissant,
C'est ce devin, c'est ce Protée,
Qui, sous mille formes glissant,
Trompe maint et maint Aristée :

Et si, sur l'Hélicon,
Dans son fougueux délire,
Il défie Apollon
Et sa savante lyre,
Tigres, lions et léopards,
Du vainqueur sublime trophée,

Soudain, apaisent leurs regards,
En écoutant cet autre Orphée !

Et si de l'Hélicon
Et de son vieux Permesse,
Il respire au Cédron
L'éternelle jeunesse,
Ce n'est plus Apollon, ni Pan,
C'est ce David, le roi-poète,
Qui, tel qu'un cèdre du Liban,
Va, dans les cieux, cacher sa tête !

Non, jamais, rien d'humain
N'égala l'harmonie
Que ce chantre divin
Fit jaillir infinie !...
C'était Moïse, au Sinaï,
Qui, du sein de la foudre antique
Voyant sortir Adonaï,
Réglait sa harpe prophétique !

Mais, quand le Dieu vengeur

Fit taire son tonnerre,

Que le Christ rédempteur,

Monta sur le Calvaire:

Bientôt l'éblouissant Thabor,

Soleil, qui chasse la tempête,

Eclaira, de ses rayons d'or,

Tout front d'artiste et de poète !

A M^r ***

Que je serais heureux, de pouvoir, une fois,

Poète, révéler, d'un élan de ma voix,

Ce que dit, à mon cœur, toute ton harmonie....

O le superbe essor ! mais j'aurais ton génie ! !

Et sans monter si haut, plein d'une folle ardeur,

Quand ton enthousiasme éclate dans mon cœur,

Il me semble ravir les aîles de ton âme;

Oui j'aime tes accents, car ils sont tout de flamme !

Le feu qui te dévore a son foyer là-haut,

C'est Dieu qui l'entretient, Dieu le centre du beau;

Ce soleil fécondant rayonne sur ta tête,

Et dore aussi ta lyre, ô sublime poète !

Tu comprends la nature et tous ses cris divers,

Pleure-t-elle? Soudain, j'entends pleurer ton vers;

Sa voix se répercute, en ton âme profonde,
Que tu chantes les cieux, que tu fouettes le monde !

Malgré les durs liens qui retiennent ton cœur,
Tu vois un horizon où t'attend le bonheur,
Tu proclames d'un Dieu la suprême puissance,
Et le doute vaincu se prostérne en silence !

Tu souffres ici-bas.... L'innocence et l'amour,
Ces deux timides sœurs t'exaltent tour-à-tour,
Elles rendent parfois ta coupe moins amère,
Tel, pour l'enfant qui pleure, est le lait de sa mère !

Ton âme simple et tendre, en vain voudrait haïr,
Elle ne sait qu'aimer ou donner un soupir ;
Mais va, console-toi, car, pour toute âme aimante,
Il se prépare au ciel une joie abondante !

Français, au fond du cœur, dans ton ambition,
Tu places ton pays, sur toute nation,

Tu portes le front haut, quand tu parles de gloire,
Et tu mêles ta voix, aux chants de la victoire !

La France, dans les fers, irrite ta fierté,
Tu redis à grands cris : Liberté ! liberté !
Il est un autre nom, inscrit sur ta devise,
Ce nom, naguère encor, flottait sur la Tamise.

Après avoir soufflé, dans le clairon guerrier,
Pour chanter de l'honneur le glorieux métier,
Après avoir touché la lyre pindarique,
Tu reviens aux accords de ta muse pudique :

Comme ce frais bouton qui reste demi-clos,
Comme un soupir de l'âme, avec tous ses échos,
L'amour, que chaste amant, tu dis à ton amante,
Parfume ta pensée et la fait enivrante :

Autant plaît à ta muse un souris virginal,
Autant la fait rougir le vice, à l'œil fatal,

Et, quand tu me dépeins les horreurs de la terre,
Ton tableau me fait peur, et je crie : ô misère !

Je m'élance avec toi sur les flots écumeux,
Fuyant ce sol ingrat, son air contagieux,
Et regardant la mer, calme ou bien agitée,
L'infini reparaît, ta force est remontée !

Soit que, sous un ciel bleu, s'égare ton esquif,
Soit que la mer se gonfle et batte le rescif,
Dans le repos des mers, dans leurs rudes colères,
Je contemple avec toi de ravissants mystères !

Mais pardonne, pourtant, si sur ton luth divin,
O Muse, j'ai posé mon imprudente main !

Un dernier mot à mes Lecteurs.

L'impression de mon ouvrage touchait à sa fin, quand j'eus l'insigne honneur de recevoir une lettre de M. de Montbel, en réponse à une ode, que j'avais adressée à M. le comte de Chambord. J'en étais trop fier, et par les sentiments qu'elle exprime, et par le caractère de celui qui l'a écrite, pour me résoudre à la garder ensevelie dans mon porte-feuille. Je crus devoir la rendre publique, et, dans cette circonstance, je trouvai, comme toujours, les Messieurs de la *Gazette du Languedoc* et les Messieurs du *Réveil du Midi*, favorablement disposés. Ils firent même précéder cette lettre, dans leurs journaux respectifs, de quelques paroles bienveillantes pour celui qui l'avait reçue, et que je me plais à consigner dans ce livre.

Si l'on me demande maintenant pourquoi (et c'est une question bien naturelle) je n'ai pas jugé à propos de publier mon ode, c'est que j'ai craint de troubler le mystère dans lequel vit celui qui l'a inspirée.

Si je n'ai pas usé de la même discrétion, à l'égard de M. de Montbel, et je lui en demande bien pardon, c'est que j'ai pensé que rien ne pouvait mieux clôturer mon volume que sa lettre. Il m'a semblé, qu'en laissant se refermer le livre

14

sur cette page, le lecteur surprendrait son âme se sentir heureuse, au souvenir des vertus fidèles, que retrace le nom de son auteur. Hé ! pouvait-il s'exhaler de mes poésies un parfum plus délicieux ?

Gazette du Languedoc du 1ᵉʳ juin 1847.

M. Marcel Ceren, jeune poète de notre ville, qui a fait ses preuves en fait de talent dans la versification patoise et française, nous communique la lettre suivante que vient de lui adresser M. de Montbel. Cette lettre est la meilleure préface que notre compatriote puisse placer en tête de son volume de poésies qui va paraître au premier jour.

Réveil du Midi du 1ᵉʳ juin 1847.

Nous avons annoncé, il y a quelque temps, un recueil de poésies languedociennes suivies d'une traduction en vers français, sous ce titre, *Ma Museto*, par M. Marcel Ceren, avocat. Le jeune poète a adressé à Henri de France une pièce de vers français à laquelle l'énergie du style et la force des pensées donnent un caractère de grandeur et de véritable sublimité que la poésie elle-même nous offre rarement. Ces vers ont été présentés à l'illustre exilé par le noble compagnon de son infortune, M. le comte de Montbel, que M. Ceren avait prié de se charger de cette mission. Il vient de recevoir une lettre de remercîment, que nous sommes heureux de faire connaître à nos amis. Les encouragements qui viennent de l'exil, ont un prix que tous les cœurs fidèles savent comprendre.

Voici cette lettre :

« Vienne, le 21 mai 1847.

» Monsieur,

» Conformément à votre intention, j'ai remis à M. le comte de Chambord, l'ode que vous lui avez adressée. Il m'a chargé de vous en témoigner sa satisfaction. Il ne s'étonne pas que des sentiments généreux soient noblement exprimés dans la poétique patrie d'Isaure et des Troubadours.

« Je suis heureux qu'en me confiant ce message, vous m'ayez procuré l'occasion de vous offrir l'expression des sentiments très distingués de

» Votre très-dévoué serviteur,

» MONTBEL. »

FIN.

TABLE DES MATIÈRES.

FIN DE LA TABLE.